Venganza

Novela

Obras de Yoko Ogawa en Maxi

La Policía de la Memoria
La fórmula preferida del profesor
Venganza

Yoko Ogawa
Venganza

Traducción del japonés
de Juan Francisco González Sánchez

MAXI
TUSQUETS
EDITORES

Obra editada en colaboración con Editorial Planeta – España

Título original: 寡黙な死骸 みだらな弔い (Kamoku na Shigai Midara na Tomurai)

Publicado por primera vez en Japón en 1998 por Jitsugyo no Nihon Sha, Tokio.

Traducción española publicada por acuerdo con Yoko Ogawa a través de Japan Foreign-Rights Centre / Ute Körner Literary Agent.

Adaptación de la portada: Maxi Tusquets / Área Editorial Grupo Planeta
Ilustración de la portada: © Patricia Bolinches
© de la traducción: Juan Francisco González Sánchez, 2023
Diseño de la colección: FERRATERCAMPINSMORALES

Bajo el sello editorial TUSQUETS M.R.
Avenida Presidente Masarik núm. 111,
Piso 2, Polanco V Sección, Miguel Hidalgo
C.P. 11560, Ciudad de México
www.planetadelibros.com.mx

Primera edición impresa en España en colección Maxi: octubre de 2024
ISBN: 978-84-1107-512-1

Primera edición impresa en México en esta presentación: marzo de 2025
ISBN: 978-607-39-2473-3

Impreso en los talleres de Impregráfica Digital, S.A. de C.V.
Av. Coyoacán 100-D, Valle Norte, Benito Juárez
Ciudad de México, C.P.03103
Impreso en México – *Printed in Mexico*

Índice

Una tarde en la pastelería

Era domingo y hacía un tiempo magnífico. El sol lucía en lo alto de la límpida bóveda azul del cielo y envolvía con su luz diáfana el mundo que se extendía a sus pies mientras los árboles mecían sus ramas a merced de la brisa seca. El panorama que se extendía ante mis ojos parecía complacerse con aquella luminosidad radiante y se dejaba bañar por ella: el techado del puesto de helados refulgía; los ojos de un gato callejero que remoloneaba por el lugar centelleaban con fiereza; los grifos bruñidos de la fuente centelleaban e incluso de la esfera del reloj de la torre surgían afilados destellos entre los excrementos de paloma.

La plaza era un animado y variopinto abanico de gente que disfrutaba de su día de asueto, todo un colorido panorama de vida ante mis ojos: el vendedor de globos que asombraba a los niños con la inagotable variedad de formas animalescas que hacía con los globos, inflándolos y retorciéndolos; o la señora cómodamente arrellanada en uno de los bancos, con la vista hundida en el jersey que tejía laboriosamente, o la madre que trataba de aliviar a su desconsolado bebé, que lloraba en sus brazos atemorizado por el abrupto despegue de unas palomas que huían espantadas por el sonido de un claxon.

Tanto la plaza como la actividad que en ella se desplegaba se me antojaban dignas de postal, de perfección pictórica sin mácula ni falta, impregnada de un aura de pureza y luminosidad.

Al entrar en la pastelería, después de empujar la puerta giratoria, el bullicio cesó. Atrás quedó la agitación que llenaba la plaza, lejana ya y convertida de pronto en poco más que ecos remotos. El alboroto dio paso a un aroma dulce y suave de vainilla que llenaba aquel espacio aislado del exterior. No había nadie.

—Buenas tardes —dije con cierto reparo y, ante la falta de respuesta, decidí sentarme en un taburete que había en un rincón y esperar.

Hasta ese día, nunca había traspasado el umbral de aquella pastelería pequeña y sobria, donde las tartas, los pasteles y los bombones pulcramente ordenados esperaban la visita de clientes y curiosos tras grandes vitrinas de cristal, y las latas de galletas formaban largas hileras en estanterías a ambos lados del local. En un extremo del mostrador, más allá de la caja registradora, había un montón de hojas de papel de envolver con un coqueto diseño de cuadros azul claro y naranja.

Todo tenía un aspecto tan delicioso que me habría

costado elegir, de no haber sido porque había entrado allí con la idea de llevarme dos tartas de fresas con nata, y nada más.

Llegó entonces hasta mis oídos, colándose en la tienda desde el mundo exterior, el tañer de las campanas de la torre del reloj, cuatro campanadas que resonaron y espantaron una vez más a las palomas, que alzaron precipitadamente el vuelo y atravesaron la plaza hasta posarse cerca de la floristería. La dueña, visiblemente airada, se apresuró a abandonar su puesto agitando enérgicamente un trapo en dirección a las invasoras, y una multitud de plumas grises se arremolinaron en el aire durante el violento aleteo.

Como seguía sin aparecer nadie en la pastelería para atenderme, consideré la posibilidad de irme. Y si no lo hice fue porque no hacía muchos días que me había mudado a la ciudad y aquella era la única pastelería decente que conocía.

Además, había algo en aquel lugar que me llamaba poderosamente la atención y que me impedía sentirme molesta ante la falta de atención hacia la clientela; algo que me deleitaba y embelesaba en aquella envolvente tranquilidad que permeaba toda la tienda. Reparé en que una luz aterciopelada bañaba la vitrina tras la cual todos los productos de repostería expuestos brillaban con hermosos colores y suaves formas; y me percaté también de lo cómodo que era el taburete en el que me hallaba sentada.

—Hola —rompió el silencio la voz de una mujer

de avanzada edad, que acababa de abrir la puerta y ya se adentraba en el local. Era ligeramente rolliza, menuda y llevaba un gastado delantal de hule. El bullicio del exterior se coló por el resquicio de la puerta durante el breve instante en que permaneció abierta, para disiparse de nuevo al cerrarse—. Pero ¿se puede saber dónde andas? Ay, mira que dejar a una clienta desatendida. Desde luego, así no sé cómo vas a sacar adelante la pastelería —protestó. Se volvió hacia mí con una sonrisa y añadió—: Debe de haber salido a un recado, pero seguro que volverá enseguida.

Tomó asiento junto a mí y le dirigí una leve inclinación de cabeza a modo de saludo.

—Yo misma podría atenderla —prosiguió—. Proporciono especias a la pastelería, las vendo al por mayor, ¿sabe?, y conozco este local como la palma de mi mano.

—Se lo agradezco mucho —repliqué—, pero no tiene por qué molestarse. No tengo prisa.

Guardamos silencio, una junto a la otra. Ella se arreglaba el fular que llevaba enrollado al cuello mientras golpeaba el suelo con la punta de sus zapatos o toqueteaba el tirador de la cremallera de su bolsito. Comprendí que se esforzaba sin éxito en encontrar un tema de conversación adecuado a la espera.

—¿Sabe? Todos los dulces y tartas que se venden aquí están riquísimos —aseguró—. Y en gran medida se debe a que usan nuestras especias.

—¿No me diga? Lo celebro.

—Normalmente no faltan clientes. Es muy raro que hoy esté tan vacío. Siempre hay cola para entrar.

Me fijé en los que pasaban ante el escaparate de la pastelería sin reparar en los postres que se exponían: una joven pareja, algunas personas con aspecto de turistas, un anciano de aire distinguido y agentes de policía haciendo su ronda.

La anciana también volvió la cabeza hacia la calle y se atusó el pelo, ensortijado y canoso. Cada vez que se movía, desprendía un inclasificable olor a hierba medicinal, a fruta demasiado madura y al caucho del delantal. Me recordó también al olor húmedo que salía por la puerta de un pequeño invernadero que había en el jardín de nuestra casa, en el que mi padre cultivaba orquídeas muchos años atrás y al que no nos permitía a los niños entrar bajo ningún pretexto, aunque en ocasiones nos asomábamos tímidamente para fisgonear. El caso es que el olor de la anciana no me resultó desagradable. Al contrario, me proporcionó un sentimiento de familiaridad y cercanía hacia ella que, de otra manera, tal vez no habría experimentado.

—Me alegro de que tengan tartas de fresas con nata —dije, apuntando con el índice hacia la vitrina donde se encontraban—. Además, de las de verdad: sin gelatina, ni figuritas decorativas ni otras frutas encima. Solo auténticas fresas y nata.

—Tiene usted razón. Puedo garantizárselo —aseveró la anciana—. Las tartas de fresas con nata son la especialidad de la casa y la clave está en nuestra vainilla.

—Me llevaré dos: hoy es el cumpleaños de mi hijo.

—¿De verdad? ¡Pues muchas felicidades! ¿Cuántos años cumple?

—Seis años. Eternamente, seis años, porque falleció tiempo atrás.

De hecho, habían transcurrido doce años desde que su cadáver fue hallado en el interior de un frigorífico abandonado en un vertedero. Por lo visto fue un accidente: entró en él, no pudo salir y murió asfixiado.

Cuando lo vi, no podía creer que estuviera muerto. Pensé que mantenía la cabeza agachada porque no se atrevía a mirarme a la cara después de haber estado fuera de casa durante tres días.

La anciana se incorporó de un respingo. El estupor había aflorado en su rostro. Enseguida me di cuenta de que esa mujer era quien había descubierto el cuerpo sin vida de mi hijo. Se había quedado lívida y le temblaban los labios, tenía el pelo completamente enmarañado. Parecía más muerta que mi hijo.

No estoy enfadada contigo. Ven, no tengas miedo, deja que te abrace. Te he comprado una tarta por tu cumpleaños. Volvamos a casa los dos juntos.

Él permanecía inmóvil ante mis ruegos. En posición fetal, con las piernas apretadas y flexionadas, y el rostro hundido entre las rodillas, adaptada la postura al escaso espacio dejado por las baldas de la nevera, el compartimento de los huevos y la bandeja para el hielo. Había estado tanto tiempo encerrado que su cuerpo parecía haberse disuelto en la oscuridad reinante en la nevera. Pero un haz de claridad difusa iluminaba la nuca de mi hijo y resaltaba su cabello fino y suave, diáfano como el tono de su piel. Qué familiar me resultaba esa nuca. Debía de haber algún error; no podía estar muerto. Simplemente, dormía. Después de tantos días sin comer nada, estaría agotado. Tendría que llevármelo a casa con cuidado para no despertarlo. Le vendría bien dormir, todo el tiempo que necesitase. Más tarde ya se despertaría. Seguro...

La anciana seguía en pie, lívida y en silencio.

La reacción de la anciana fue diferente a la de cualquier otra persona a quien le había relatado mi historia con anterioridad. Aunque no mostró especial empatía hacia mí, no había tampoco en ella ni un ápice de estupefacción ni desagrado. Debido a la experiencia de perder a mi hijo yo había desarrollado la capacidad de interpretar las expresiones de las personas, y supe enseguida que aquella mujer era sincera.

No percibí en su rostro ningún arrepentimiento por haberme preguntado la edad de mi hijo, ni tampoco recelo hacia mí por haberle contado algo tan personal a una desconocida.

—Entonces, ha escogido la pastelería adecuada —afirmó ella—. No va a encontrar tartas tan deliciosas como estas en ningún otro lugar. Verá como su hijo se pondrá contento. Y puesto que es para un cumpleaños, le regalarán las velas. Tienen una gran variedad: rojas, azules, rosas, amarillas, con forma de flores, de mariposas o de animales.

Hablaba con una sonrisa afable en los labios, una sonrisa que se correspondía con el ambiente sereno del lugar. Me pregunté si acaso aquella mujer no conocía el significado de la palabra «fallecer», o si tal vez no entendía el hecho mismo de morir ni lo que conllevaba.

Incluso después de haber aceptado la idea de que mi hijo no volvería a casa, no tiré la tarta de fresas que pensaba comerme con él. La dejé en la nevera y me pasaba el día contemplando cómo iba pudriéndose. Primero, la nata cambió de color y, después, la grasa fue acumulándose en la superficie y manchando el papel celofán que la rodeaba. A continuación, las fresas se secaron y adquirieron la forma de un neonato con una malformación. El bizcocho fue perdiendo su esponjosa consistencia para ir hundiéndose y enmoheciéndose.

—Qué hermoso es el moho —susurraba yo al ver cómo se desarrollaba. Las esporas se extendían como si fueran diminutos homúnculos que pululaban por el aire y hubieran decidido dejarse caer para cubrir toda la tarta con formas sofisticadas.

—¡A ver si te deshaces de una vez de esa cosa! —me recriminaba mi marido.

Era evidente que estaba irritado, y yo no entendía cómo podía hablar con esa crudeza de la tarta de cumpleaños de nuestro hijo. Así que se la lancé a la cara. Los trozos de bizcocho mohoso se le desparramaron por el rostro, el pelo, el cuello y la camisa, y un hedor insoportable impregnó el aire, un hedor a descomposición y muerte.

Las tartas de fresas con nata estaban en el centro del estante superior de la gran vitrina, el lugar que más llamaba la atención de la tienda. Eran relativamente pequeñas y estaban decoradas con tres fresas enteras. No parecía que pudieran estropearse, sino más bien que fueran a conservarse incólumes por toda la eternidad.

—En fin, es hora de que me vaya —dijo la anciana. Se pasó las manos por el delantal para alisar las arrugas y dirigió la mirada repetidas veces hacia la plaza y la calle, como anhelante de la llegada de la encargada de la pastelería.

—Yo voy a esperar un poco más —repliqué.

—Muy bien.

La anciana extendió el brazo y me rozó levemente la mano. Su gesto fue tan natural que tardé en comprender qué había hecho. Sus manos eran ásperas, surcadas de arrugas y recios tendones, y rematadas por sucias uñas —sin duda debido a su constante contacto con las especias—. Transmitían una calidez imperecedera, comparable a la que emitirían, al encenderse, las velitas de cumpleaños que había mencionado antes, pensé.

—Permítame echar un vistazo a dos o tres lugares donde es posible que esté la encargada de la pastelería y, si la veo, le digo que venga enseguida, que tiene una clienta esperando.

—Muchas gracias.

—No hay de qué. Bueno, hasta la vista —se despidió y, con el bolso sujeto bajo el brazo, atravesó la puerta giratoria y salió.

Me di cuenta de que el delantal se le había desanudado y la llamé, pero no me oyó, ya se había mezclado con la multitud de la plaza. Volví a quedarme sola.

Era un niño muy inteligente. Se aprendía el texto de los libros infantiles y era capaz de recitarlo de memoria sin errar una palabra, adaptando incluso la voz al tono del personaje al que le correspondiera hablar: el cerdito, el rey, el robot o el anciano. Era zurdo, tenía la frente ancha y un lunar en el lóbulo de una oreja. Mientras yo preparaba la comida, se aferraba a mis piernas y me acribillaba a preguntas cuya respuesta escapaba a mi conocimiento. ¿Quién inventó la escritura? ¿Por qué la gente crece? ¿Qué es el aire? ¿Adónde van las personas al morir?

Sí, el mar de la muerte se extendía ante mis ojos como una extensión abrumadora y de inabarcable oscuridad, recorrida por olas que se acercaban una y otra vez, en un espacio desprovisto de recuerdos, palabras u horizonte, carente incluso de agua misma; sin rutas por las que adentrarse ni islotes en los que descansar.

Me dio por recopilar artículos sobre niños que hubiesen muerto en trágicas circunstancias, y, para ello, cada día iba a la hemeroteca y buscaba noticias de muertes crueles en periódicos y revistas para luego fotocopiarlas.

Una niña de once años violada y enterrada en un bosque. Un niño de nueve años había sido raptado por un depravado y su cuerpo encontrado en una caja para botellas de vino con los pies amputados. Un escolar de diez años que, durante una visita a una siderúrgica, se había caído en un horno de fundición después de colarse entre los barrotes de una barandilla.

Me llevaba a casa todas aquellas noticias y las leía en voz alta durante largas horas de insomnio, recitándolas como una letanía.

¿Cómo era posible que no hubiese reparado en ello antes? Moví el taburete y miré más allá del mostrador. La puerta junto a la caja registradora estaba entreabierta y al otro lado se divisaba una cocina. De espaldas a mí, había una joven, probablemente la pastelera, que hablaba por teléfono entre sollozos.

No llegaba a oír su voz, pero veía que un ligero temblor le sacudía los hombros. Llevaba el pelo recogido bajo una gorra blanca. Manchas de nata y chocolate salpicaban su delantal, pero transmitía una impresión general de limpieza, y conservaba aún la delgadez propia de una niña.

¿Desde cuándo estaría allí? ¿Acaso no se había percatado de mi presencia? En cierto modo, era como si la joven se hubiera materializado en aquel instante, surgida de la nada.

Me reacomodé en el taburete y miré hacia la plaza. El vendedor de globos seguía creando formas de animales para los niños, y la mujer proseguía con su labor de punto en el banco, mientras las palomas volaban, desperdigándose acá y reagrupándose allá. Nada había cambiado en el exterior desde que había llegado a la pastelería, aparte de la sombra de la torre, que se había hecho más larga y delgada.

La cocina, al igual que el resto del local, estaba muy limpia y ordenada, pese a no ser nueva: los recipientes, los cuchillos, las batidoras, las mangas pasteleras..., todos los utensilios reposaban pulcramente en su lugar, una vez finalizada su función del día. Los paños colgaban limpios y secos de sus ganchos, en el suelo no había ni una mancha de harina y el horno emitía los últimos efluvios de calor.

El llanto de la muchacha era como la cocina misma, delicado y hasta hermoso. No alcanzaban mis oídos a captar el sonido de sus gimoteos ni palabra alguna de la conversación que mantenía por teléfono. Me deleité con el suave balanceo de un mechón de pelo que se le había escapado de la gorra. Estaba ligeramente inclinada hacia el horno, sosteniendo un paño en la mano derecha, completamente inmóvil a excepción del estremecimiento de los hombros. No veía la expresión de su rostro, pero captaba su tristeza en la tensión de su mandíbula, la palidez de su cuello y los dedos finamente torneados que rodeaban el auricular.

Me pregunté por la causa de sus lágrimas. ¿Una discusión con su novio? ¿Un revés laboral? Pero daba igual. Lloraba de una manera tan límpida y pura que el motivo era lo de menos. No me habría importado quedarme allí, contemplándola durante horas. Yo sabía muy bien cómo aparecía la tristeza, cómo se desbordaban las lágrimas.

La puerta que no se abría a pesar de los empujones y golpes. Los gritos que nadie oía. Oscuridad, hambre, dolor. Una sensación de asfixia que te invade poco a poco. Un día pensé que debía pasar por el mismo sufrimiento que mi hijo había experimentado. Solo así podría despojarme de la amargura que teñía mi vida.

Desenchufé la nevera de casa y saqué todo lo que había en su interior: las sobras de la ensalada de la noche anterior, lonchas de jamón, huevos, un repollo, pepinos, espinacas marchitas, yogures, latas de cerveza, comida congelada, carne de cerdo... Fui lanzando afuera todo, según se me ponía al alcance de la mano.

No me importó que la salsa de tomate se derramara, los huevos se rompieran y los helados se derritieran, ni, en definitiva, dejar el suelo de la cocina hecho un asco, porque a medida que el caos se extendía fuera del frigorífico, la oscuridad iba llenando el interior. Tomé aire, me encogí lo mejor que pude y me metí dentro.

Al cerrar la puerta, quedé envuelta por una densa negrura. No sabía si tenía los ojos abiertos o cerrados, pero poco importaba. Las paredes conservaban todavía su tacto frío.

¿Por dónde asomaría su cabeza la muerte? La esperé sin moverme. Percibí un olor que me hizo sentir nostalgia: era levemente dulzón y misterioso, parecido al que capté cuando encontré a mi hijo acurrucado en el interior del frigorífico. Era también la misma fragancia del invernadero de papá cuando, siendo una niña, me introducía en él a hurtadillas. Curiosamente, aquel recuerdo me devolvió cierto grado de serenidad.

—¿Se puede saber qué demonios haces? —gritó mi marido tras abrir bruscamente la puerta de la nevera.

—¡Estaba a punto de encontrarme con nuestro hijo! —repliqué—. ¿Por qué te entrometes de esta manera? ¡Vete!

El olor del interior empezó a diseminarse hacia

fuera y, para evitarlo, quise zafarme de la mano de mi marido y cerrar de nuevo la puerta.

—¡Ya estoy harto! —bramó él.

Me arrastró fuera de la nevera y me golpeó.

Yo estaba cubierta, de la cabeza a los pies, de zumo de tomate, yema de huevo y salsas de todo tipo. Ese fue el día en que mi marido me abandonó.

Derramó una única lágrima, retorciendo el paño que sostenía en sus manos. Resultaba extraña la idea de que ninguna de las personas que se encontraban en la plaza supieran que había una joven llorando en la cocina de la pastelería. La única testigo de la escena era yo, que había venido a comprar tarta para el cumpleaños de mi hijo fallecido.

La luz del exterior había ido matizándose y el sol se estaba poniendo por detrás del tejado del ayuntamiento. Los globos con forma de animal se habían vendido bien y apenas quedaban unos pocos. Alrededor de la torre se habían reunido algunas personas que, cámara en mano, no querían perderse detalle del mecanismo exhibido al dar las cinco en punto.

Me habría bastado con llamar a la joven para que me atendiera, pero no lo hice. Al contrario, procuré incluso moderar la respiración para pasar desapercibida. Impecablemente planchado, el delantal le iba demasiado grande, lo cual le otorgaba un aire aún más encantador. Contemplé las gotitas de sudor en su cuello, las arrugas de los puños y la longitud y delgadez de sus dedos: cada detalle contribuía a configurar una imagen unitaria del conjunto mientras preparaba los dulces. Y, así, me la imaginé sacando del horno la esponjosa base de bizcocho, apretando la manga pastelera para añadir la nata montada encima y, seguidamente, decorarla con las fresas, una a una y con exquisito mimo, para elaborar la más deliciosa de las tartas de fresas con nata.

Años después de la muerte de mi hijo y de que mi marido me abandonara, recibí una enigmática llamada telefónica. La voz no me resultaba familiar en absoluto: era la de un joven que parecía nervioso pero hablaba educadamente.

—Eh... —traté de decir algo, pero me quedé paralizada. Aquel muchacho acababa de preguntar por mi hijo.

—¿Se puede poner al teléfono? —insistió.

—Lo siento. No está en casa —repliqué con el corazón en un puño.

—Entonces volveré a llamar en otro momento. Estamos organizando un encuentro de antiguos alumnos del colegio. ¿A qué hora puedo encontrarlo?

Yo misma mencioné el nombre de mi hijo para asegurarme de que no se trataba de un error, y el muchacho me confirmó que efectivamente quería hablar con él.

—Ahora vive en el extranjero, estudia allí —fue mi respuesta.

—Oh, qué pena. Me habría gustado verlo en la reunión —dijo con genuina pesadumbre.

—¿Erais amigos?

—Sí, formábamos parte del grupo de teatro. Él era el delegado y yo el subdelegado.

—¿El grupo de teatro, dices?

—Ganamos el primer premio del municipio y llegamos a participar en el certamen nacional con *Anhelo de vivir*. Su hijo hizo de Vincent van Gogh, y yo de su hermano Theo. Como él tenía éxito entre las chicas, solía interpretar a los personajes principales y yo los secundarios. Tenía un aura especial, y no solo en el escenario.

Sin duda se había equivocado de persona. Aun así, no hice nada para sacarlo de su error. Si se le daba tan bien leer libros infantiles, ¿por qué no iba a poder protagonizar obras de teatro? Al fin y al cabo, muy desencaminado no andaba aquel muchacho.

—¿Sigue haciendo teatro? —preguntó.

—Sí.

—¿No me diga? Me lo imaginaba. ¿Le podrá decir que le he llamado, por favor?

—Por supuesto. Descuida.

—Muchas gracias.

—Gracias a ti por llamar. Adiós.

Colgó. Durante unos instantes, mantuve el auricular pegado a la oreja, escuchando la señal de línea no disponible. Nunca llegué a saber con quién había hablado.

Sonaron las campanadas de las cinco de la tarde y las palomas alzaron el vuelo y revolotearon por encima del tejado del ayuntamiento. Cuando el tañido llegó a su fin, se abrieron con premura unas portezuelas ubicadas a media altura de la torre, y de ellas surgió una comitiva formada por soldados, gallos y esqueletos, seguidos de varios ángeles. El mecanismo era una auténtica reliquia, y las figuras, algo sucias y oxidadas, procedían entre sacudidas y tirones. Los gallos alargaban el cuello como si cacarearan, los esqueletos ejecutaban una danza macabra, seguidos de los ángeles que agitaban sus alas doradas mientras, tras ellos, los soldados hacían el saludo militar.

La joven pastelera colgó el teléfono y se lo quedó mirando fijamente. Poco después suspiró profundamente y se enjugó las lágrimas con el paño.

Cuando por fin se volvió hacia mí, pronuncié unas palabras que ya resonaban en mi pecho como una letanía:

—Dos tartas de fresas con nata.

Zumo de kiwi

—¿Estás ocupado el próximo domingo?

Cuando me soltó la pregunta tan repentinamente, no supe qué contestar.

—Si tienes cosas que hacer, no te quiero obligar...

Finalizadas las clases, apenas quedaba un alma en la sala de lectura, y a través de las ventanas entraba la luz de la tarde. Ella agachaba la cabeza, buscando la sombra de los estantes de libros. Su larga melena resplandecía con tonos ámbar por el sol que le daba en la espalda.

—No. El domingo estoy libre —contesté con fingida indiferencia. Hasta ese momento nunca había cruzado una palabra con ella a pesar de que éramos compañeros de clase. Era también la primera vez que la tenía tan cerca.

¿Me estaba proponiendo una cita? Parecía lo más probable. La idea no me desagradaba, pues a pesar de que no sabía nada de ella, era una chica muy guapa.

No obstante, algo me empujaba a ser cauto y a no precipitarme. Creo saber lo que era: en su actitud no había el menor ápice de frivolidad, toda ella era comedida.

—Me gustaría que me acompañaras a un sitio —agregó ella.

—¿Adónde? —inquirí.

—A un restaurante francés —contestó—. Debo presentarme allí el domingo a las doce del mediodía. No me apetece, pero las circunstancias me obligan a ir. Tranquilo, no tienes por qué preocuparte, el asunto no tiene nada que ver contigo. —Hablaba con tono vacilante mientras acariciaba la cubierta de un libro—. Soy consciente de lo inapropiado de mi propuesta; así que si no te hace gracia, me lo puedes decir claramente.

Cada vez que hablaba, se encogía de hombros y miraba hacia abajo. Parecía tratar de hacerse lo más pequeña posible y permanecer en la sombra. Desde el pabellón deportivo llegaban los ecos de un balón.

—¿Solo debo comer? No veo ningún inconveniente —repliqué.

Me quedé con ganas de preguntarle cuáles eran aquellas circunstancias que le obligaban a presentarse allí y por qué me había elegido precisamente a mí, pero no lo hice. Empecé a impacientarme: casi temía que, si seguía hablándome, la sombra de los estantes acabaría engulléndola por completo.

—Muchas gracias —dijo aliviada. Me miró a los ojos por fin, y sonrió.

Me dio rabia que el intenso contraluz del atardecer no me permitiera ver bien su expresión.

El camarero nos condujo hasta una de las salas reservadas al fondo del restaurante. El hombre ya estaba sentado a la mesa y bebía un aperitivo de un llamativo color granate. Pensaba que había venido con un asistente o un escolta, pero estaba solo.

Recorrí la sala con la mirada. Ampulosamente decorada con flores y una lámpara de araña, la cubertería, a buen seguro de plata, lanzaba destellos cristalinos sobre un mantel blanco e impoluto.

Entre ella y el hombre no se produjo, como cabría esperar, ningún intercambio de saludos formales. Se limitaron a secos gruñidos y parcas interjecciones sin significado evidente. Esperaba que ella me presentara, pero no fue así y, finalmente, no encontré el momento apropiado de hacerlo yo mismo.

—Pedid lo que os apetezca —propuso el hombre, y cada vez que había un prolongado silencio repetía la invitación.

Ella, sentada con la espalda muy recta, leía la carta con atención, pero no parecía que estuviera realmente eligiendo ningún plato; su interés era más bien un fingido modo de sobrellevar aquella situación. Yo, por mi parte, me entretenía recorriendo con los dedos el borde de la servilleta, doblada de una forma complicada.

—Mi madre está ingresada en el hospital. ¿Lo sabías? —había dicho ella en el metro, de camino al restaurante.

Yo había negado con la cabeza. Lo único que sabía de ella era su condición de hija única y que vivía con su madre. Creo que algún compañero de clase había asegurado que se desconocía la identidad del padre, pero no recuerdo quién.

—Tiene cáncer de hígado y los médicos dicen que no vivirá mucho tiempo.

Pese al ruido del metro, oí sus palabras con aguda nitidez.

—Hace unos días, hizo testamento. Me dijo que, si le ocurría algo, acudiera a ese hombre, que él me echaría una mano —dijo, y extrajo una tarjeta del bolsillo de su falda. Tenía las esquinas visiblemente desgastadas y en el anverso aparecía impreso el nombre de un miembro del Parlamento que, hasta hacía poco, había ocupado el cargo de ministro de Telecomunicaciones o de Trabajo.

—¿Tan mal está...? —repliqué empleando un tono neutro, por temor a herirla en lugar de reconfortarla.

—Lleva cuatro meses ingresada —contestó—. Todo ese tiempo lo he pasado sola.

Vestía una blusa de flores y una falda de tejido suave y un poco de vuelo. Tanto el cuello como los puños de la blusa estaban impecablemente planchados, y todo el conjunto le otorgaba un aire más serio que el uniforme de la escuela.

En nuestro curso no había nadie que llamara menos la atención que ella. Apenas intervenía en la clase, y cuando un profesor le pedía que se levantara para traducir una oración del inglés, o para resolver una ecuación en la pizarra, nunca perdía su gesto circunspecto. Parecía esforzarse por salvaguardar el silencio. No tenía ninguna amistad especial, no participaba en las actividades extraescolares y durante la pausa para el almuerzo comía sola en un rincón apartado.

Pero aquello no nos parecía raro ni a mí ni al resto de los compañeros de clase. No es que la ignorásemos deliberadamente, ni que la encontrásemos desagradable, simplemente dábamos por hecho que ese era su carácter. Y a esa imagen de serenidad y silenciosa quietud contribuía también su tersa piel, el pelo largo y liso, y la sombra que se extendía sobre sus ojos cuando inclinaba la cabeza.

Pasara lo que pasase, mantenía un aura de educación y prudencia en sus leves gestos y ademanes: eso era lo que mejor la definía. «No os incomodéis por mí. Lo último que desearía es convertirme en una molestia para vosotros», parecía susurrarnos, arropada en aquel sosiego tan suyo.

—¿De modo que esta es la persona con quien vas a encontrarte en el restaurante? —pregunté, señalando con el mentón la tarjeta que sostenía en la mano.

—Así es.

—¿Y dices que nunca lo has visto en persona, ni siquiera de niña?

—Nunca —confirmó, negando la cabeza.

Contemplé la mano con que sujetaba la tarjeta. Estaba tan cerca de mi rostro que debía de sentir el calor de mi aliento. Me quedé ensimismado mirándola como si justo en ese momento hubiera reparado en que ella tenía manos.

—¿Ha ocurrido algo malo? —nos preguntó el hombre.

—No —nos apresuramos a contestar ambos al unísono.

El hombre se lanzó a pedir tal cantidad de comida que al camarero le costaba trabajo tomar nota. Era evidente que se trataba de un hombre acostumbrado a dar órdenes. Los platos iban llegando uno detrás de otro y llenando la mesa.

En cuanto el camarero cerraba la puerta, el silencio se apoderaba de aquella sala reservada. No llegaba hasta nuestros oídos ningún otro ruido aparte del de nuestro propio masticar y tragar.

El hombre parecía más viejo que en televisión: la piel del cuello le colgaba y tenía el rostro y las manos cubiertos de manchas. Era de baja estatura y constitución robusta, casi calvo y con los lóbulos de las orejas enormes.

No se mostraba para nada arrogante, pero tampoco parecía muy complacido con la reunión. Si bien se esforzaba por encontrar las palabras más adecuadas a esa situación, y cada vez que el silencio regresaba, se le veía incómodo: se llevaba insistentemente el vaso de agua a los labios sin dar un sorbo.

—Y, dime, ¿qué asignaturas se te dan mejor? —dijo. Sin duda, una pregunta más adecuada para un escolar de primaria. Pensé que había temas mucho más importantes de los que hablar: el estado de salud de la madre, los problemas económicos o las disculpas por los errores del pasado. Caí en la cuenta entonces de que mi presencia allí podía complicar aún más la relación entre ellos.

—Literatura clásica, inglés y música —contestó ella tras dejar los cubiertos sobre la mesa y limpiarse los labios con la servilleta.

—Ah, ¿música también? Me alegro. ¿Y a ti? —se dirigió a mí.

—Biología —contesté. Tanto daba que fuera biología o educación física, lo importante era aligerar la pesantez del silencio con un poco de conversación ligera y gratificante.

—¿Y practicáis algún deporte?

—Qué va.

—Mirad, este consomé lleva trufas. ¿Os gustan?

—No las he probado nunca.

—Espero que os gusten, pero lo importante es que son muy buenas para los jóvenes... como vosotros.

—¿Ah, sí?

—¿Y a qué dedicáis los días festivos?

—Hago la colada, juego con mi gato y escucho música. Poco más.

El camarero entró de nuevo y sirvió los platos de pescado: para él, besugo con una salsa de color amarillo verdoso; vieiras salteadas en mantequilla para ella y, por último, bogavante para mí.

Ella exhibía la misma actitud educada de siempre, la espalda derecha y las piernas correctamente alineadas. Se concentraba en su plato y solo levantaba la mirada hasta el plato de la mantequilla, en el centro de la mesa, para contestar las preguntas con que nos agasajaba nuestro interlocutor.

Yo aprovechaba cualquier pequeña oportunidad para lanzarle una mirada furtiva a su rostro: la inteligencia impresa en su frente, la concisión de su barbilla y la dócil caída de su cabello. Era quizás esa sobriedad de sus rasgos, sin embargo, lo que me impedía saber realmente qué pensaba.

A su alrededor flotaba aquella aura indeleble de educación y prudencia que la definía. Ella también debía de estar cuestionándose qué sentido tenía estar allí conmigo, compartiendo el almuerzo con aquel hombre.

A continuación, llegaron los platos de carne, que el camarero fue sirviendo con desenvoltura y refinamiento. Por desgracia, yo me sentía saciado, pero como ellos dos siguieron degustando los nuevos manjares a buen ritmo, hice lo que pude por engullir la parte que me tocaba.

—¿Tocas algún instrumento? El piano, la guitarra, el violín...

—No. En casa no tenemos ningún instrumento musical.

El hombre carraspeó. Ella se llevó a la boca una porción de brócoli bañada en la salsa de la carne. El cuchillo de él chocó con el borde del plato, produciendo un desagradable sonido.

—Perdón —se disculpó inmediatamente.

—No es nada —replicó ella.

De pronto, recordé algo que había olvidado por completo y que sucedió cuando pasé al tercer curso de la escuela secundaria. Cierto día, al terminar las clases, me la había encontrado a ella en la sala de música y habíamos tenido un somero intercambio de palabras.

Avanzaba yo por el pasillo cuando, al pasar por delante de la sala, algo me detuvo. Allí estaba ella, de puntillas y con los brazos estirados hacia arriba, tratando de abrir la puerta de cristal de un armario. No sé por qué no pasé de largo y me marché. Supongo que percibí un halo de misterio en ella, o quizás porque, al estirarse hacia arriba, se le había levantado el borde de la blusa, dejando entrever la nívea piel de su cintura.

Por fin, acompañada de un persistente chirrido, la puerta de cristal se abrió. Ella dejó escapar un suspiro y cogió un violín que reposaba en el interior del armario. Lo contempló con reverente temor y, acto seguido, lo estrechó contra su pecho.

—Hola. ¿Te ocurre algo? —intervine.

Desde luego, no era el momento adecuado para semejante pregunta, interrumpiendo sin más su instante de privacidad y deleite con el violín.

—No. Nada —respondió sobresaltada, y volvió a colocar el instrumento dentro del armario. Las cuerdas debieron de rozar con algo, arrancando un quejido que sonó como el chillido de un pájaro.

De postre, tomamos tarta de fresas con abundante nata. El hombre hizo un gurruño con la servilleta, llena de manchas de salsa, y la dejó despreocupadamente sobre la mesa sin probar bocado del postre.

—Si te apetece, puedes tomar la porción de papá —dijo el parlamentario, refiriéndose a sí mismo en tercera persona.

Una ráfaga de aire frío recorrió la sala y la palabra «papá» palpitó convulsa en mis oídos. La miré de soslayo con desasosiego, pero ella daba tranquila cuenta de su porción de tarta, indiferente a mi consternación, llenándose los labios de nata.

—No, gracias —respondió escuetamente.

A la vuelta, en vez de tomar el metro, fuimos dando un paseo los dos solos. Nos habíamos acercado hasta la estación de metro, pero no hizo ademán alguno de bajar las escaleras y siguió caminando.

El parlamentario había insistido en llevarnos en su coche, un impoluto vehículo negro que esperaba aparcado frente al restaurante, pero ella rechazó con firmeza la oferta.

Y así, después de haber recorrido por la calle la distancia de cinco estaciones de metro, ante nuestra vista apareció el entorno familiar de nuestro vecindario. Ella no había despegado los labios en todo el trayecto. Caminaba con presteza, con una mano aferrada a la correa de su bolso y la mirada al frente, dejando que el taconeo de sus zapatos contra el suelo fuera el único signo que delataba su existencia junto a mí; ni siquiera un somero carraspeo rasgó el aire, ni un leve suspiro escapó de sus labios.

Temí que se hubiera enfadado conmigo: me había llevado a almorzar con su padre y yo no había hecho nada por servirle de apoyo ni por animar el ambiente. Había dado buena cuenta de un suculento repertorio de platos, sin intentar siquiera aligerar la tensión del encuentro.

Caminaba yo a su ritmo, ni tan cerca como para agobiarla ni tan lejos como para parecerle frío y distante. Seguía dándole vueltas a la cabeza, buscando algo adecuado y reconfortante que decir antes de que fuera demasiado tarde. Fui incapaz de encontrar nada.

El sol iniciaba su descenso hacia poniente y los reflejos de sus últimos rayos iban tornándose más oscuros. Los niños que habían estado correteando por el parque iniciaban la vuelta a casa y nos adelantaban en sus bicicletas; de algunas casas llegaba el sonido de las televisiones, y a lo largo de nuestro paseo solo nos topamos con algún gato callejero. La comida francesa, demasiado exótica para mi paladar, y aquel pesado silencio me oprimían el pecho y me impedían respirar con normalidad.

No soplaba ni una brizna de aire, pero su cabello se agitaba suavemente al caminar, dejando al descubierto sus delicadas orejas, de piel tan tersa como la que había entrevisto al levantársele la blusa. Qué diferentes eran aquellas orejas a las del hombre.

De pronto, se detuvo en seco.

—Pensaba acompañarte hasta casa... —me apresuré a decir. Lo cierto es que tenía los dedos de los pies entumecidos de tanto caminar.

—De acuerdo. Gracias —aceptó ella, elevando la mirada hacia mí. Parecía faltarle el aire y tenía la garganta tan seca que su agradecimiento sonó irreal.

Nos sentamos a descansar en los escalones de un viejo edificio abandonado, flanqueado por una peluquería y una guardería. A nuestras espaldas, en una colina relativamente elevada, había un extenso huerto de árboles frutales. Una extraordinaria calma, solo interrumpida ocasionalmente por el paso de alguna que otra motocicleta o un anciano de paseo con su perro, se había adueñado de aquella hora crepuscular.

—Nos irá bien descansar un poco —opiné.

—Sí, lo necesitamos —corroboró ella.

Tiró hacia abajo de los bordes de su falda para evitar que se le arrugara y el suave tejido rozó fugazmente el de mis pantalones. El rostro de ella se iba ensombreciendo, ocultándose en la penumbra del anochecer. El sudor de mi espalda se tornaba cada vez más frío.

—¿En qué hospital está ingresada tu madre?

—En el Central.

—Me gustaría hacerle una visita.

—¿De verdad? Gracias. Se alegrará mucho; está siempre tan sola...

Una hormiga recorrió el suelo entre nuestros pies, avanzando trabajosamente sobre la superficie áspera del hormigón de los escalones.

—Mi madre —dijo ella elevando la vista para mirarme a los ojos— trabaja como mecanógrafa.

—Ah.

—Y resulta que posee un reconocido talento dentro de su profesión. Lo mismo le da una carta de negocios que una tesis o un documento de empresa; no se equivoca nunca y es la más rápida de la oficina. Ha llegado a ganar el primer premio en concursos de mecanografía.

—No voy a negar que resulta curioso.

—Tiene unos dedos largos y flexibles que mueve con una gracia sorprendente.

—Tus dedos también son muy bonitos —dije, dirigiendo la vista hacia sus dedos, que reposaban sobre las rodillas.

—Más que escribir a máquina, se diría que está tocando un instrumento musical. Ese era, de hecho, su sueño y, de haberlo podido cumplir, estoy convencida de que habría sido una magnífica intérprete.

De pronto, me vino a la memoria aquel sonido que salió de las cuerdas del violín en el aula de música.

Resonó en mis tímpanos como si acabara de escucharlo y no había manera de quitármelo de la cabeza.

—¿Sabes? —se incorporó de un respingo, como si hubiera querido borrar de mi pensamiento aquel sonido—. Antiguamente, esto era una oficina de correos. Más o menos, por la época en que iba a la guardería.

Ciertamente, sobre la puerta, se adivinaba todavía el logotipo de los servicios postales, su color desvaído, y, encima del marco, la palabra CORREOS aún se leía, inserta en un rótulo completamente oxidado, si uno hacía el esfuerzo de aguzar la vista lo suficiente.

—Ven, ven. Mira —gritó, mirando por el resquicio de la puerta hacia el interior del edificio. Era la primera vez que notaba entusiasmo en su voz.

Hice lo que me pedía. En un primer momento, no vi nada —me llevó unos segundos acostumbrarme a la oscuridad—, pero tras una serie de parpadeos, algo empezó a cobrar forma allí dentro.

—¡Dios mío! —exclamé entre susurros.

El interior de la oficina de correos parecía estar completamente ocupado por unos objetos negruzcos y redondeados que casi alcanzaban el techo.

—Son kiwis —dijo ella.

—¿Kiwis? —pregunté, haciéndole eco.

—Entremos —se animó.

—Pero la puerta está cerrada con candado.

—Da igual. Podemos forzarla.

Dicho y hecho, se agachó y cogió una piedra que

estrelló contra la cadena que rodeaba el tirador de la puerta. Se produjo un estallido de sonido ensordecedor, los cristales vibraron y las bisagras se aflojaron. No se arredró por el escándalo que ella misma, tan prudente y discreta siempre, acababa de producir y siguió golpeando la cadena hasta lograr partirla.

Empujamos la puerta para abrirla del todo y, al entrar, ambos resoplamos al unísono. En efecto, el interior estaba abarrotado de kiwis, como los que se pueden comprar en el supermercado, pero aquella escena era tan grotesca que uno sentía vértigo al mirarla.

Nos adentramos en aquel espacio de unos treinta metros cuadrados, sorteando armarios y archivadores destartalados, mesas, cajas de cartón y sacapuntas desperdigados por el suelo, hasta un mostrador sobre el que reposaban una balanza cubierta de polvo y algunas almohadillas para sellos completamente secas, últimos testigos de una época pretérita en que todavía se tramitaba allí el envío y la recepción de cartas y paquetes postales.

En cuanto al resto del espacio, todo él había sido ocupado por los kiwis, desde el mostrador hasta la pared del fondo.

Advertí una fragancia entre dulzona y ácida que flotaba en el aire mientras la observaba a ella caminar decidida hasta el otro lado del mostrador y tomar uno de los kiwis en su mano. Enseguida la seguí, pendiente de que la montaña no se derrumbara y nos aplastara al más mínimo descuido.

Todos aquellos kiwis estaban aún frescos, no había ni uno solo podrido, ni tan siquiera dañado. Por el tacto, se adivinaba la carne firme, la piel tirante y el pelo duro.

—Tienen una pinta deliciosa, ¿no crees? —dijo ella—. Y hay tantos que podríamos comer todos los que quisiéramos y nadie lo notaría.

Sin tomarse la molestia de pelarlo, mordió el que tenía en la mano y oí el estallido de su piel al quebrarse entre sus dientes y el chisporroteo de su carne al ser atravesada y ceder a la presión de estos.

Lo engulló y, acto seguido, tomó otro y repitió la acción. Y, después, otro y otro, y otro más. Los agarraba ansiosa, como una niña hambrienta, y el jugo verde de su carne le chorreaba por las manos de porcelana y por la blusa pulcramente planchada como el vómito de una anciana enferma.

Yo me limité a observar. Debía quedarme a su lado, vigilante, hasta que se le pasara el ataque de ansiedad, contemplando cómo el zumo de kiwi le resbalaba por las mejillas, como si fueran lágrimas.

Han pasado más de veinte años desde aquel extraño domingo y lo recuerdo como si hubiera sido ayer. Al día siguiente, cuando volví a verla en la escuela, ella había retomado su habitual compostura y discreta disposición. No volvimos a intercambiar palabra alguna.

Su madre murió con la llegada del invierno, sin que yo llegara a cumplir mi promesa de visitarla. Sé que, finalmente, mi compañera no fue a la universidad, sino a una escuela de hostelería, y oí decir que acabó especializándose en repostería. No coincidimos nunca más y mi recuerdo de ella fue desvaneciéndose poco a poco, junto al de aquel primer encuentro en la sala de música, en las profundidades del mar de mi memoria.

Solo en una ocasión, tiempo después, la llamé por teléfono. Habían transcurrido unos cinco o seis años desde que terminamos la escuela cuando leí en el periódico la noticia de la muerte de aquel miembro del Parlamento. Inmediatamente, pensé en ella y busqué su nombre y teléfono en la lista confeccionada para una reunión de antiguos alumnos y la llamé a la pastelería donde, por lo visto, trabajaba.

—Perdona que no te agradeciera como se merecía tu compañía durante la cita con mi padre —dijo.

—Soy yo quien debe disculparse por no haberte sido de ninguna utilidad —repliqué.

—Nada de eso. No te imaginas hasta qué punto tu presencia allí fue vital para mí. Te lo agradecí con todo mi corazón y deseé expresarte toda mi gratitud, pero fui incapaz de hacerlo. Lo cierto es que, por aquella época, yo...

Y rompió a llorar. Escuché sus sollozos y supe que no se debían al fallecimiento del parlamentario; supe que aquellas eran las lágrimas que no había derramado en la oficina de correos, aquel domingo de cinco o seis años atrás. Eran lágrimas serenas, casi silenciosas, que habían venido de improviso a visitarla, procedentes de aquel recuerdo lejano.

Una anciana llamada J

La vivienda a la que acababa de mudarme estaba en la planta baja de un edificio situado en la cima de una colina no demasiado elevada y ofrecía una vista envidiable que abarcaba la totalidad del pueblo, con sus calles en forma de abanico, y se extendía hasta el horizonte marítimo. Me había hablado de ella un editor con quien yo tenía una buena relación.

La ladera de la colina era una fecunda plantación de árboles y arbustos frutales en la que abundaban los melocotoneros, los nísperos, las cepas de vid y, sobre todo, los kiwis. La propietaria del huerto y de todo el edificio era una anciana viuda que vivía sola en uno de los apartamentos y a la que se conocía con el sobrenombre de J. Habida cuenta de su avanzada edad, no se ocupaba mucho del cuidado de los árboles. Pero tampoco parecía que hubiera contratado a alguien para hacerlo, porque nunca se veían trabajadores merodeando por allí. Fuera como fuese, los árboles estaban repletos de fruta de aspecto jugoso.

Los kiwis, en particular, eran muy voluminosos,

tanto que su peso combaba las ramas, de modo que al zarandearse al viento todos juntos las noches de luna llena, semejaban una bandada de murciélagos que hubiera acudido en tropel a la colina, dispuesta a alzar el vuelo ante cualquier eventualidad.

Supongo que alguien se ocuparía de recoger de vez en cuando toda esa cantidad de kiwis, porque, de pronto, un día ya no estaban allí y enseguida eran sustituidos por nuevos brotes. Lo cierto es que yo solía escribir por la noche y no me levantaba hasta el mediodía, por lo que no estaba muy al tanto de las actividades del huerto.

El edificio en el que se hallaba mi piso tenía una altura de tres plantas en forma de herradura, con un amplio patio en cuyo centro un eucalipto proyectaba una refrescante sombra durante los días de calor. La señora J sacaba buen provecho de dicho patio, ya que en él había dispuesto un huertecillo para uso particular, en el que plantaba tomates, zanahorias, berenjenas, judías y pimientos, que después compartía con sus inquilinos favoritos.

Su vivienda estaba justo al otro lado del patio, frente a la mía, de manera que me bastaba alzar la mirada de mi escritorio y mirar por la ventana para encontrarme con la suya, carente de cortinas y, por tanto, vulnerable a mi curiosidad. Solo tenía cortinas en la mitad de las ventanas y que el resto careciera de ellas no parecía importarle en absoluto.

Por lo que yo intuía, la vida de la señora J debía

de transcurrir con pasmosa sencillez y sin apenas intereses. Cuando me levantaba, era la hora del almuerzo, y la veía tomar su comida sentada frente al televisor y limpiarse los labios con el mantel de la mesa o con el puño de las mangas cada vez que se le derramaba algo. De vez en cuando, también la veía hacer punto, fregar la vajilla o echarse un sueñecito en el sofá. Y para cuando yo empezaba a concentrarme de verdad en mi escritura, ella se enfundaba su raído camisón y se acostaba.

Me preguntaba qué edad tendría. Teniendo en cuenta el temblequeo de sus piernas, que apenas parecían sostenerla en pie, los golpes que se daba frecuentemente con las sillas y la torpeza que mostraba al volcar a menudo los vasos, yo le echaba ochenta y muchos años.

Sin embargo, algo en ella cambiaba cuando se ocupaba de su huertecillo del patio. Parecía rebosar entusiasmo en cuanto se ponía a regar las plantas, instalar soportes para los tallos o extraer insectos parásitos con unas pinzas. Resultaba incluso agradable el chasquido de las tijeras cuando cortaba la fruta de las ramas.

La primera vez que me ofreció unas hortalizas fue debido a un asunto relacionado con los gatos callejeros.

—¡Vaya atajo de pordioseros estáis hechos! ¡Fuera de aquí! —oí gritar a la señora J, enarbolando el mango de una pala. Vi a un gato que huía hacia los árboles del huerto que debía de tener más o menos su edad y cuyo pelaje ralo era síntoma indudable de enfermedad.

Abrí la ventana.

—¡Señora, ponga agujas de pino! —sugerí a viva voz.

La señora J caminó hacia mi ventana sin borrar de su rostro la expresión de disgusto.

—Esos seres inmundos desentierran las semillas que planto, lo llenan todo de excrementos y, por si fuera poco, menudo escándalo arman con sus maullidos. No sé qué hacer.

—Si pone agujas de pino alrededor del huerto, no volverán a acercarse.

—No entiendo qué se les ha perdido aquí. Y su pelaje me da alergia: como me entre un ataque de estornudos, voy lista.

—Los gatos no soportan los pinchazos de las agujas de pino. Así que si las pone...

—La gente no debería darles de comer a esas alimañas. Mire que lo tengo dicho... Si alguna vez ve a alguien hacerlo, échele una buena reprimenda.

Mientras hablaba, se introdujo, como quien no quiere la cosa, en mi apartamento por la puerta que daba al patio.

Puso fin a su diatriba contra los gatos y adoptó una actitud de irreprimible curiosidad: sus ojillos recorrieron el desorden de mi escritorio, el contenido de mi armario de cocina y las figuritas de cristal en el alféizar interior de la ventana.

—Me había dicho usted que era novelista, ¿no es cierto, joven?

Pronunció la palabra «novelista» con dificultad, tanta que llegó a trabársele la lengua.

—Sí, así es.

—Me parece muy bien. Escribir es una actividad silenciosa, lo cual es todo un alivio. Verá usted, hace mucho tiempo en este apartamento se alojaba un escultor, y cuando trabajaba la piedra era insoportable. Desde entonces, oigo fatal. —Y se llevó las manos a las orejas.

Dirigió entonces su atención a unos libros que todavía no había sacado de una caja de cartón. Se puso a leer en voz alta los títulos, deslizando el índice por el lomo de cada ejemplar, pero o le fallaba la vista, o no sabía leer, porque no acertaba ni uno.

Me fijé en la extremada delgadez de su complexión, en lo disperso que le crecía el cabello sobre aquella frente estrecha que contrastaba con la prominencia de sus pómulos. Tenía la nariz tan chata y los ojos tan separados que parecía enarbolar un lienzo en blanco en el centro del rostro. Cada vez que abría la boca para hablar, emitía un inquietante sonido como de roce entre huesos, y la dentadura postiza parecía a punto de salir despedida.

—¿A qué se dedicaba su marido? —me atreví a preguntarle.

—Mi marido no valía para mucho. Era un holgazán y un borracho. Vivíamos del alquiler de estos pisos y de lo que yo sacaba como masajista —explicó. Cansada de los libros, alargó la mano hacia mi ordenador y, como si tocara un objeto peligroso, presionó dos o tres teclas—. Y se lo gastaba todo en juegos de azar. Tomó un mal camino en la vida y un día de borrachera se lo tragó el mar. No volvimos a saber de él.

—Pues de tanto escribir, me duele siempre la espalda, así que un masaje me vendría de perlas... —dije para desviar la conversación de su marido.

—¡Por supuesto! Llámeme cuando mejor le venga. Todavía conservo la fuerza en los dedos —se jactó, e hizo chascar sus falanges con unos crujidos tan horribles que pensé que iban a rompérsele.

Por fin, se despidió, pero antes de irse me regaló cinco pimientos que acababa de recoger.

A la mañana siguiente, vi que el patio estaba completamente cubierto de agujas de pino, a excepción de las áreas donde crecían las hortalizas y demás. Había agujas por todas partes, desde la pared del cobertizo hasta los troncos de los eucaliptos.

Alguno de los inquilinos no parecía muy contento:

—Pero ¿por qué ha llenado todo de agujas de pino?

—Son para espantar a los gatos. No soportan el olor de la resina. Se lo oí decir a mi abuela cuando era una niña —se jactó la señora J.

Me sorprendió que hubiese sido joven alguna vez: resultaba difícil imaginarlo.

Una noche, la señora J recibió una visita: era un hombre alto y corpulento, de mediana edad. La luna llena, con sus tonos anaranjados, desparramaba su luz a través de los cristales de las ventanas. El hombre se tendió boca abajo sobre la cama y la anciana se puso a horcajadas sobre él.

Al principio pensé que lo estaba estrangulando, porque exhibía una agilidad y una fuerza tan inusitadas que no parecía ella. Sus muslos inmovilizaban el cuerpo del hombre, mientras sus dedos se hundían con resolutiva precisión en determinados puntos de su anatomía. El hombre parecía ir menguando progresivamente a medida que la anciana le chupaba la energía con los dedos y se nutría de ella, dando la impresión de que su propio cuerpo se acrecentaba sobre el de él.

El masaje se prolongó durante largo rato, y todo el tiempo me acompañó el olor de las agujas de pino, que se extendía por el entorno en la oscuridad nocturna.

A partir de entonces, las visitas de la señora J a mi apartamento se hicieron más frecuentes. Unas veces me contaba que se le habían hinchado las rodillas, otras protestaba por la reciente subida de la tarifa del gas o por el asfixiante calor, y siempre seguía el mismo patrón de comportamiento: charlaba, se tomaba una taza de té y se iba. Yo mantenía siempre una conducta ejemplar, porque lo último que deseaba era tener problemas con la arrendadora de la vivienda. Solo noté una diferencia: en cada visita, aumentaba la cantidad de hortalizas que me regalaba.

Y tanto creció la confianza entre ambas que llegó a encargarse de recoger mi correo cuando yo estaba ausente.

—¡Han traído un paquete! —gritó una tarde desde su apartamento, cuando acababa yo de regresar y apenas había dejado el bolso. Obviamente, me había visto a través de la ventana—. Lo han traído a mediodía.

—¡Se lo agradezco mucho! —exclamé y eché un vistazo a la caja—. Qué bien: son vieiras que me envía una amiga. ¿Le gustan? Si quiere, le doy unas cuantas para que las pruebe.

—Ah, sí, con mucho gusto. La vieira es un producto caro, ¿verdad?

Al abrir el paquete, se me agrió el ánimo hasta convertirse en enojo. Resultó que las vieiras estaban podridas: las bolsas de líquido refrigerante habían dejado de cumplir su función y el carnoso interior de las vieiras se había transformado en un fluido turbio y pegajoso que se desparramó en cuanto abrí una con un cuchillo.

Eché un vistazo al albarán: el paquete debería haber llegado dos semanas antes.

—¡Oiga, eche un vistazo a esto! —gritó la señora J, irrumpiendo en mi cocina.

—¿Qué ocurre?

En ese preciso momento, me encontraba preparando una ensalada de patata para la cena.

—Mire qué zanahoria he recogido del huerto —exclamó muy satisfecha, sujetándola ante mis narices—. Fíjese en su forma.

La observé y vi que se asemejaba más a una mano, con sus dedos bien definidos, que a cualquier otra cosa. Cinco dedos bien definidos, entre los que destacaban el rollizo pulgar y el larguirucho medio, configurando una mano regordeta que recordaba a la de un bebé. En un extremo brotaba un lozano ramillete de hojas y tallos que adornaba el conjunto.

—Tome, es para usted —ofreció la anciana.

—¿En serio? Es un ejemplar excepcional, ¿no preferiría quedárselo usted? —me resistí.

—No, no. He sacado tres iguales y he reservado uno para usted. No se lo diga a nadie —me advirtió, y, acercándose, me dijo al oído—: Hay mucho envidioso por ahí.

Sentí la humedad de su aliento en mi oreja.

—¡Ah! Veo que está haciendo una ensalada de patata —se percató entonces—. Bien, bien, ¡la zanahoria le vendrá de maravilla para la ensalada!

Y rio como si hubiera dicho algo muy gracioso.

Acepté el curioso obsequio, pero cuando me disponía a trocearlo, no supe por dónde empezar. Noté el calor del sol aún latente bajo la piel de la zanahoria, que exhibió un naranja intenso después de lavarla bajo el grifo.

Finalmente, opté por cortarle los cinco dedos de cuajo por su base, y, uno a uno, fueron cayendo sobre la tabla de cocina. Y así fue como, aquella noche, degusté ensalada de patata con meñique, índice, anular, medio y pulgar.

Un día, se levantó una fuerte ventisca que se alargó, y no mostraba trazas de amainar ya bien entrada la noche. El viento se arremolinaba por encima de la colina y descendía con ímpetu ladera abajo. Desde mi apartamento cerrado a cal y canto, oía el fragor incesante del golpeteo de los kiwis, a duras penas sujetos a sus ramas.

Acostumbraba a leer en voz alta el borrador de mis novelas, una vez que las consideraba terminadas, y en dicha tarea me hallaba en ese momento. Era una buena distracción, y sin embargo no logró apaciguar el temor que despertaba en mí aquel bisbiseo seco de los kiwis.

Miré por la ventana de encima del fregadero y vi una figura humana entreverada en la malla de ramas y troncos de los árboles del huerto, completamente a oscuras. Corría pendiente abajo y me pareció que cargaba con una gran caja de cartón. Durante un brevísimo intervalo en que el viento amainó, creí oír el crujido de sus pisadas sobre la hojarasca.

Cuando aquella figura sombría alcanzó el camino a los pies de la colina, la luz de las farolas se proyectó sobre ella y pude ver de quién se trataba: ¡era la señora J!

El pelo suelto le batía a cada zancada y el paño que llevaba atado a la cadera ondeaba al viento con violencia, a punto de desprendérsele. El tamaño de la caja de cartón era descomunal para la diminuta anciana, y su fondo se abombaba bajo el peso de su contenido. No me pareció, sin embargo, que le costara cargar con ella. Todo lo contrario: la mujer avanzaba a paso ligero, la vista al frente y el cuerpo erguido, como si la caja no pesara y formara parte de ella misma.

Acerqué el rostro al cristal de la ventana y agucé la vista. El viento se embraveció por instantes y ella se detuvo, zarandeada por la fuerza de este, pero enseguida se recuperó y dejó atrás la arboleda de kiwis, cuyo estruendo se intensificaba con la ventisca.

Acerté a ver a la señora J introducirse en un edificio abandonado a los pies de la colina, que antaño era una oficina de correos, ante el cual había yo pasado en alguna ocasión, sin detenerme a pensar si formaba parte de los inmuebles de los que era dueña mi arrendadora o si se le suponía alguna utilidad en el presente.

Ya despuntaba la mañana, tiñendo de claridad el horizonte marino, cuando la señora J regresó a su domicilio. Parecía aliviada al hallarse de nuevo en el hogar; se desvistió, hizo gárgaras y se cepilló el pelo. Finalmente, se puso su camisón habitual.

Volvía a ser la inerme y desvalida anciana de siempre. De hecho, se las vio y deseó para abrocharse el camisón y se golpeó dos veces las piernas con los muebles en el corto trayecto del cuarto de baño hasta el dormitorio.

Al reemprender la lectura en voz alta de mi borrador, el copioso sudor procedente de mis manos humedeció las hojas de papel.

La aparición de zanahorias con forma de mano se convirtió en algo rutinario de la vida de los inquilinos del edificio: la anciana las repartía entre todos y, aun así, siempre le sobraban. Las había de todo tipo: hinchadas, velludas, magulladas, finas y delicadas como de pianista, recias y firmes como de leñador...

La señora J removía la tierra y tiraba de las hojas cuidadosamente para extraerlas sin romper los dedos, y tras sacudirles la tierra adherida, las ponía a orear al sol y las contemplaba.

—¡Qué tensa está usted! —exclamó la señora J, sujetándome bajo la presión de sus piernas y sus manos, cual cefalópodo gigante que me rodeara con sus enormes tentáculos para inmovilizarme.

Efectivamente, estaba tensa y habría deseado contestarle afirmativamente, pero lo máximo que podía hacer era emitir un exiguo gemido: tendida boca abajo con el rostro hundido en la almohada, me atenazaba con una fuerza inimaginable en una persona de su edad.

—Se pasa el día sentada y... eso no es nada bueno —me recriminó—. Mire qué dura tiene esta zona. Hasta se le ha abultado.

Me hundió los pulgares en la base del cuello, y yo los sentí penetrar en mis carnes; traté de mover el cuello, espoleada por un punzante dolor, pero me resultó imposible: tenía todo el cuerpo paralizado.

El tacto rígido y frío que sentía sobre mi piel era el de unos dedos descarnados.

—Si no devolvemos esta zona a su estado natural —explicó—, le molestará durante toda la vida.

De pronto, sentí miedo: imaginé sus dedos rasgando mi piel, adentrándose en mis carnes, despedazándome y quebrándome los huesos. Y entonces quise gritar. Un alarido de dolor pugnó por salir de lo más profundo de mi garganta, pero solo conseguí empapar de saliva la almohada.

—No se apure. Hay confianza —trató de tranquilizarme—. Descuide. Lo haré con todo esmero.

Las manos de la señora J se tensaron como férreas garras sobre mi cuerpo, incrementando su presión, oprimiéndolo hasta la extenuación.

—¡Un poco más cerca, por favor! ¡Eso es..., la una al lado de la otra! ¡Bien! ¡Sonrían con naturalidad!

Cámara en mano, el periodista nos daba indicaciones sin descanso, su enérgica voz reverberaba por todo el edificio, dando por sentado que la señora J era algo dura de oído.

—¡Alce más la zanahoria, por favor! ¡Sujétela por la base del tallo para que los cinco dedos se vean con claridad en la foto! ¡Muy bien! ¡Así, así!

Ambas posábamos inmóviles, de pie en medio del huerto, mientras los inquilinos de las demás viviendas del edificio observaban desde sus ventanas las evoluciones del periodista desplazándose cámara en mano, buscando el mejor ángulo para las fotos y haciendo crujir las agujas de pino bajo sus zapatos.

Con el sol en contra, cegándome y obligándome a mantener los ojos entornados, yo hacía lo posible por esbozar una sonrisa que no terminaba de cuajar en los labios, y trataba de decidir hacia dónde mirar o cómo colocar los brazos, pese a que el cuerpo no me respondía, rígidos los músculos después del masaje de la señora J la noche anterior.

—¡Estaría bien que fingieran estar charlando! —El periodista insistía en su arte—. ¡Que parezca una situación distendida! Pero no olviden sostener en alto la zanahoria: ¡es la auténtica protagonista del reportaje!

La señora J se había adecentado para la ocasión: se había anudado un pañuelo a la cabeza para ocultar su ralo cabello, aplicado carmín en los labios y puesto un vestido largo hasta los tobillos. En lugar de sus habituales sandalias, se había calzado unos zapatos de tacón de diseño trasnochado. Pero lejos de lograr su propósito, la elección de todo el conjunto había sido obviamente desacertada.

—¡Sáquenos bien en la foto! —exhortó la señora J a voz en grito—. Esto de salir en las noticias solo sucede una vez en la vida.

La anciana parloteaba y reía distendidamente, llena de júbilo.

El artículo salió a la mañana siguiente en el periódico local: «¡Extraordinario descubrimiento! ¡Zanahorias con forma de mano en el huerto de una anciana!».

En la foto, la señora J aparecía levemente inclinada a un lado (quizás uno de los tacones se le había hundido en el terreno) y mostrando a cámara un ejemplar de zanahoria concienzudamente seleccionado. A pesar de la disposición jovial que había mantenido durante toda la sesión de fotos, la imagen publicada exhibía a la anciana con los labios fruncidos y el gesto sombrío.

A su lado, yo también, con una sonrisa tensa y forzada, mostraba a la cámara una zanahoria que me habían pedido que sostuviera para la foto. La mirada brumosa en mis ojos delataba mi incomodidad.

Observé la fotografía con mayor atención. Por un instante, aquellas zanahorias dejaron de ser meras hortalizas de curiosa apariencia; las vi como auténticas manos de carne y hueso, seccionadas de sus respectivos brazos. Tumefactas y afectadas por tumores malignos, conservaban todavía la temperatura corporal y chorreaban sangre.

—¿Ha visto al marido de la señora J recientemente? —preguntó uno de los dos agentes.

—No. Me mudé aquí hace poco tiempo y... —contesté.

—¿Tenía usted conocimiento de su muerte? —intervino el otro, más joven.

—Eh..., lo cierto es que sí. Por lo visto, se emborrachó, cayó al mar y se ahogó... No, no, disculpen. Creo que su paradero nunca llegó a confirmarse. Se le dio por desaparecido. Eso fue lo que me dijo la señora J, si no recuerdo mal. Pero... no puedo asegurárselo; no es que hayamos intimado tanto como para...

Desvié la mirada hacia el huerto y, luego, hacia las ventanas del apartamento de la señora J. No vi indicio alguno de su presencia. Una de las cortinas se mecía suavemente con la brisa ligera.

—¿Recuerda algún detalle sospechoso? Cualquier cosa puede sernos útil, por insignificante que parezca.

El agente más joven se inclinó hacia delante y sostuvo su mirada fija en mis ojos.

—¿Sospechoso...? —musité—. Sí, hay algo. Una noche la vi corriendo ladera abajo entre el huerto de árboles frutales, cargaba una caja de cartón de aspecto pesado. Al llegar abajo, se metió en la vieja oficina de correos abandonada.

Muy pronto se llevó a cabo una exhaustiva inspección de la oficina de correos. La policía retiró una gran montaña de kiwis, pero solo encontraron el esqueleto y el pelaje acartonado de algún que otro gato callejero.

Más tarde, se procedió a escarbar la tierra del huerto con una excavadora. Al triturar, de paso, las agujas de pino que alfombraban el suelo, un olor nauseabundo se extendió por los alrededores. Los inquilinos contemplaban la labor de la excavadora desde sus ventanas, con la nariz y la boca cubiertas.

El hallazgo de los restos óseos se produjo a última hora de la tarde, cuando los brillantes tonos anaranjados del atardecer se extendían sobre los árboles frutales. La autopsia del cadáver determinó que se trataba del marido de la señora J y que la muerte se había producido por estrangulamiento. Asimismo, encontraron restos de sangre de él en el camisón de ella.

Curiosamente, el cadáver estaba mutilado: le faltaban las manos.

Sandmännchen

No solo no quedaba ningún asiento libre en el tren, sino que a una buena parte de los pasajeros, entre los que yo me encontraba, no le había quedado más alternativa que permanecer de pie, en el reducido espacio comprendido entre un vagón y el siguiente, junto a las puertas. Para colmo, debía de haberse estropeado la calefacción, porque empezaba a notar los pies congelados.

Reparé en un silencioso grupo de unos treinta colegiales que viajaban sentados en el área delantera de mi vagón. Rondarían los diez años de edad y vestían chaquetas de color azul marino y boinas a juego, adornado el conjunto por lazos a la altura del pecho en ellas, y pajaritas en ellos. El tutor a cargo del grupo abandonaba de vez en cuando la absorbente lectura de un grueso volumen y levantaba la vista hacia los pequeños para comprobar que todo iba bien.

Lo cierto es que el tren llevaba casi una hora parado y la megafonía no cesaba de repetir la misma cantinela: una avería en el cambio de agujas había obligado al tren a permanecer estacionado y la marcha se restablecería tan pronto como fuera posible (tibio consuelo).

Había caído una nevada tardía, insólita en esa época del año en la que los brotes de los almendros empezaban a abrirse y las primeras flores a asomar. Durante el tiempo en que el tren había avanzado según lo previsto, había contemplado, a través de las ventanillas del vagón, cómo unos copos de nieve habían empezado a caer tímidamente, para dar paso progresivamente a otros que acabaron formando un manto blanco sobre todo el paisaje.

—Si esto sigue así, llegaré tarde al funeral de mamá... —musité en voz baja, cuidándome de que no me oyera nadie.

Eché un vistazo a mi reloj de pulsera y limpié el vaho formado en el cristal de la ventanilla más próxima. Los dedos se me humedecieron y la respiración se me cortó al comprobar que la nevada no aminoraba.

La noticia de la muerte de mi madre me llegó a través de mi novia.

—Ha muerto de un ataque al corazón. Sí, sí, la escritora, tu madre. Al menos, la que lo fue hace mucho tiempo —explicó—. Perdona, tal vez no he debido contártelo. Discúlpame si piensas que no es asunto tuyo.

Mi novia era editora de una revista de costura y manualidades, y debo reconocer que se mostró de lo más considerada conmigo, tratando de no herirme.

Aquella a la que he llamado «madre» había ejercido como tal cuando rondaba yo los diez o doce años, los mismos que debían de tener los colegiales con los que en ese momento compartía vagón, y aunque habían transcurrido casi treinta años desde entonces, nunca volvió a haber en mi vida ninguna otra persona a quien pudiera llamar «mamá»; ella fue mi única madre.

A la verdadera no llegué a conocerla. Falleció tras el parto, debido a una infección derivada de un forúnculo de las fosas nasales que se le abrió al rascárselo con insistencia y acabó infectándosele. Eso, al menos, se contaba de ella.

—Si te fijas, la nariz está situada muy cerca del cerebro —me explicaba mi padre—, y esa es la razón por la que hay que cuidársela bien, ¿lo entiendes? Si no, los virus se abrirán camino fácilmente hasta el centro de la cabeza.

Se comprenderá, pues, que de niño las visitas al otorrinolaringólogo fueran una pesadilla para mí y que aquel instrumento alargado, con la punta levemente curvada y de color plateado, que el médico me insertaba por los orificios nasales me causara verdadero pavor, temiendo lo que podría ocurrir si se le iba la mano y alcanzaba con él el mismísimo cerebro.

Fuera como fuese, no conservaba en mi memoria

ningún recuerdo de mi progenitora y, por tanto, crecí sin una noción básica de lo que significaba ser criado al calor de una madre, hasta que llegó la otra, la segunda. Hasta ese momento, la palabra «madre» no había despertado en mí más que una fría sensación metálica en el epitelio nasal.

La segunda era muy joven, apenas catorce años mayor que yo, y trabajaba como dependienta en una tienda de material de pintura y dibujo que frecuentaba mi padre, profesor de arte en un colegio. Se casaron.

Tras la boda, ella se instaló en nuestra casa y dio comienzo nuestra vida en común.

Era reservada, de pies minúsculos, rodillas diminutas, cuello fino y uñas ínfimas..., toda ella menuda, pese a observarla yo desde mis propios parámetros infantiles. Recuerdo mi asombro diario al contemplar sus zapatos pulcramente ordenados frente a la puerta, en el vestíbulo de casa, elegantes, negros, de tacón alto, de mujer adulta, y que, sin embargo, cabían en la palma de una mano.

—Pero ¿cómo es posible? —exclamaba yo.

Cada uno a su modo, y de la mejor manera posible, trató de desempeñar el papel que le correspondía en la recién formada unidad familiar, con plena conciencia de que a veces un exceso de celo podía llevar a resultados opuestos a los deseados. No sé de dónde había sacado yo aquello, pero a mis diez años estaba plenamente convencido de que lo más importante era actuar y discurrir por el mundo con agilidad y según criterios racionales, y de que había que evitar a toda costa la parálisis y la parsimonia.

Papá le regaló un colgante con una medalla esmaltada, confeccionada por él mismo en un almacén ubicado junto al aula de arte, que él consideraba su taller. Sujeta por una cadenita de oro, la medalla desprendía tonos verdes, violetas, rojos o anaranjados según el ángulo desde el que se la mirara. Mi madre no se la quitaba nunca.

Le hacía sumamente feliz que yo la llamara «mamá».

—Cómo pasa el tiempo. Te estás haciendo todo un hombrecito —me decía ella, y yo la correspondía llamándola «mamá».

He de admitir que, incluso después de divorciarse de papá, tan solo al cabo de dos años de matrimonio, he seguido evocándola con el apelativo de «mamá», cosa que contribuyó sin duda a que se me olvidara su nombre de pila con el paso del tiempo. Deseé poder hurgar entre sus objetos personales, pero no conservábamos ninguno. Deseé preguntarle sobre ella a mi padre, pero me producía un enorme reparo. Me invadió una enorme desazón ante la posibilidad de que mi recuerdo de ella también fuera evaporándose hasta desaparecer por completo.

Por suerte, encontré aquella medalla que nunca se quitaba en uno de los cajones del armario. Estaba como nueva, con el color intacto y su nombre grabado en el reverso. Respiré aliviado y la devolví al cajón donde había permanecido durante todo aquel tiempo.

Mi «madre» apenas hablaba cuando estábamos juntos; no porque no estuviera de humor para ello ni por indiferencia hacia mí, sino probablemente porque pensaba que yo me aburriría con sus cosas. En cambio, cuando yo hablaba, ella me escuchaba con suma atención y respeto, sin perder detalle, y siempre con una sonrisa. En definitiva, disfrutábamos de aquellos ratos, pese al silencio que reinaba entre nosotros.

Si bien, como he dicho, era reservada a la hora de conversar, aprovechaba los momentos que pasaba sola para musitarse palabras a sí misma. Sobre todo, mientras preparaba la cena. Lo hacía ensimismada en su tarea y yo hacía lo posible por acercarme sin que me viera para tratar de captar aquellas palabras que se escapaban de sus labios. A veces canturreaba, a veces rezaba y se confesaba, y, otras, recitaba fragmentos de lo que debían de ser obras teatrales.

Yo aguzaba los oídos cuanto podía, pero nunca llegué a captar ninguna palabra con claridad. Si ella advertía mi presencia, se quedaba callada de inmediato y, para disimular, intensificaba el ruido de la tarea que estuviera realizando, cortando verduras o cualquier otra acción similar.

Cuando los quehaceres del hogar se lo permitían, se sentaba a la mesa del comedor a escribir. Abría un cuaderno, se toqueteaba el pelo, retiraba los restos de virutas de la goma de borrar y hacía correr el lápiz por la superficie del papel.

—Mamá, ¿qué escribes? —le preguntaba.

—Una novela —me contestaba sin el menor gesto de fastidio por mi intromisión y dirigiéndome una mirada ávida, como si sobre mis propias narices se hallaran las palabras que buscaba. Ella agradecía mi presencia a su lado.

—¿Por qué? —insistía yo.

—Por ningún motivo en especial. Por el mero gusto de hacerlo. Eso sí, prométeme que no se lo dirás a papá, ¿de acuerdo?

—¿Y por qué no?

—Pues... porque papá es un artista en toda regla, así que me da apuro que sepa que una simple aficionada como yo trata de hacer sus pinitos como escritora.

Ciertamente, mi padre pasaba mucho tiempo encerrado en su taller, abstraído en la elaboración de objetos comunes y utensilios diversos, como la pipa en la que fumaba, mi plumier, rótulos para instalar en las puertas, revisteros o collares para perros, pero yo no estaba convencido de que fuera un artista «en toda regla». Tampoco de que dejara de serlo. Mamá debía de sentir auténtica devoción por la medalla con cadena que él le había regalado.

Cuando papá regresaba tarde a casa o se encontraba ausente por trabajo, mamá se presentaba en mi habitación con el borrador de su novela y, aunque yo ya estuviese en pijama y listo para acostarme, me leía largos fragmentos en voz alta.

Debo admitir que no recuerdo ni una sola palabra de lo que ella me leía. Pero era lógico: yo apenas tenía diez años y el contenido de sus páginas debía de superar la capacidad de entendimiento de un niño de tan corta edad.

Lo que sí recuerdo bien es el sonido seco del roce de las hojas al pasar y el leve temblor de la medalla sobre su pecho mientras leía, así como la resonancia poderosa de su voz, incongruente con su complexión menuda y vulnerable.

La lectura se prolongaba más allá de la hora habitual de dormir. Mamá leía de pie, sin levantar la vista del cuaderno ni un instante, dando azarosos pasos a izquierda y derecha, sin alejarse de mí, que, sentado muy recto en la silla y con las manos en las rodillas, mantenía la compostura sin permitir que el aburrimiento aflorara en mi rostro.

Al cabo de un rato, a mamá comenzaba a quebrársele la voz, a agrietársele los labios y desdibujársele las palabras, a faltarle el aire.

¿Acaso lloraba? Tal idea me asaltaba con temor y me hacía desear que la lectura terminara cuanto antes, no por aburrimiento, sino por la tristeza que transmitía y de la que yo prefería no ser testigo.

Observé que la mujer de mediana edad sentada junto a mí, habida cuenta de que el tren seguía sin reiniciar la marcha, se entretenía sacando objetos de su bolso cual conejos de una chistera: una postal, un ovillo de lana, una mandarina... Finalmente, se puso a resolver un crucigrama que encontró en una revista semanal. Cuando hallaba la palabra que buscaba, daba un golpecito con la punta del bolígrafo sobre la mesita abatible y completaba las casillas correspondientes.

Frente a mí, dos universitarias de aspecto anodino y trasnochado, y sin un ápice de maquillaje, discutían seriamente alguna enjundiosa materia teórica. Pese a su empeño en plantear hipótesis y desarrollar las consecuencias derivadas de estas, acababan siempre dándose de bruces en alguna contradicción que las obligaba a volver a empezar. Poco debía de importarles la demora sufrida por el tren; preferían sumergirse en su mundo abstracto, bucear en su abismo. Me pregunté si aquel mundo suyo de conocimientos se hallaría dentro de lo que mi capacidad podría abarcar.

Por su parte, los niños seguían comportándose de manera ejemplar: no habían hecho el menor intento de levantarse y salir corriendo por el pasillo, ni habían alzado la voz para armar alboroto. Cuando el tutor les ofreció caramelos, todos esperaron su turno pacientemente y, después, los saborearon en silencio.

Los copos de nieve se arremolinaban y cubrían matorrales, tejados de granjas y vías de tren por igual, y, empujados por las ráfagas de viento, se estampaban contra las ventanillas de los vagones.

Aquello me hizo rememorar la visita que hicimos mamá y yo al zoo, un día tan desapacible, debido al frío y la intensidad de la nieve, como el que nos mantenía retenidos en el tren. Me vino a la memoria también el hosco rostro de la chica de la taquilla del zoo, el único que nos cruzamos en todo nuestro recorrido.

Traté de recordar por qué mamá y yo habíamos decidido ir pese al mal tiempo. Había sido mamá quien lo había propuesto, con el pretexto de que algunas de las escenas de su siguiente novela se desarrollarían en un zoo y que, por tanto, sería conveniente recorrerlo en persona.

Mamá me puso un abrigo marrón con piel sintética en los puños y en el cuello, complementado con orejeras, guantes e incluso dos pares de calcetines. Caminamos todo el tiempo de la mano, arrimándonos aún más en los momentos en que el viento arreciaba y arrojaba copos de nieve contra nosotros.

—Mamá, ¿qué animales quieres ver?

—Ya que hemos venido, haremos un recorrido completo y nos detendremos en cada uno de los recintos, ¿te parece bien?

No era mala idea, solo que dadas las circunstancias climatológicas, no parecía lo más apropiado. El frío y la nieve habían obligado a los animales a permanecer escondidos en sus refugios y solo nos encontramos lugares vacíos. En definitiva, nuestra visita fue un fiasco.

En medio de aquel entorno nevado, no solo el cuerpo de mamá se veía menguado, sino que también sus brazos y hombros se me antojaban más quebradizos que de costumbre cuando me apretaba contra ellos y sentía su tacto bajo el abrigo. Y en cuanto a sus botas para la nieve, cualquiera habría pensado que pertenecían a una muñeca y no a una auténtica mujer.

Pese a que los animales no se dejaran ver, mamá y yo nos deteníamos religiosamente ante cada recinto y, apoyados en la barandilla, contemplábamos el lugar hasta donde nos permitiera la vista. Yo hice cuanto estuvo en mi mano por entretenerme y leí todas y cada una de las placas instaladas frente a cada habitáculo, con el nombre de las especies moradoras: guepardo, león, tigre de Bengala, puma, camello, distintas variedades de antílopes...

La nieve iba acumulándose sobre abrevaderos repletos de hojas secas, sobre huesos que conservaban restos de sangre o sobre montones de excrementos.

Mi atención, sin embargo, se concentraba en mi propia madre. Trataba de dilucidar si el tiempo empleado ante cada recinto le resultaba suficiente, si había encontrado lo que buscaba para su novela y si era el momento adecuado para reanudar nuestra marcha y dirigirnos a otro recinto. Y así pasamos también ante el lugar que debían ocupar los rinocerontes, las llamas, los flamencos, los avestruces, los pingüinos, el oso polar...

A estas dos últimas especies sí pudimos verlas. Eran, sin duda, las menos incomodadas por la hostil climatología de la jornada. De hecho, se encontraban a sus anchas: los pingüinos se bañaban apaciblemente en el estanque mientras el oso polar daba tranquilos paseos, balanceando la cabeza a un lado y a otro, ajeno a la película de nieve que iba congelándose sobre su pelaje.

Osos hormigueros, perezoso, gibones, cobras, erizos, cocodrilos...

Empleábamos tanto tiempo ante el espacio vacío correspondiente a cada especie que acabamos imaginándonos cada ejemplar y sus acciones: el bostezo del tigre, el movimiento nervioso de las orejas de las llamas, el pausado avance del perezoso sobre la rama del árbol.

—¿Sabes por qué las jirafas tienen el cuello tan largo? —me preguntó de pronto mamá.

—Pues...

—Te lo pregunto porque a mí me parece de lo más extraño. Es demasiado largo, ¿no crees? ¿Para qué querrán un cuello así? ¿No te parece irrazonable? Solo se me ocurre una respuesta posible: no lo necesitan para nada. A los elefantes la trompa les sirve al menos para ducharse, y a los osos hormigueros el hocico y la lengua para pescar hormigas.

—Supongo que tienes razón —admití.

No comprendí el significado de la palabra «irrazonable» y me limité a asentir sin demasiada confianza.

—Diría que el único motivo por el que las jirafas tienen el cuello largo es que a ellas les gusta y ya está —elucubró mi madre—. Es puro capricho. Eso sí, si yo fuera una jirafa, me conformaría con uno de medida razonable y no esa exageración de cuello que tienen —explicó cándidamente.

Por fin, terminamos nuestro recorrido, y entonces se quitó los guantes, sacó un monedero de su bolso y, tras contar unas monedas con los dedos entumecidos por el frío, me compró un helado en una máquina expendedora. Pensándolo ahora, y por muy cremoso que fuera, dudo que resultara conveniente si tenemos en cuenta el frío que hacía. Pero en aquel momento no lo percibí como algo raro y, helado en mano, nos sentamos en un banco.

A medida que los copos de nieve caían, se posaban sobre el helado, y así engullía una porción de nieve cada vez que lo chupaba, acrecentando la sensación de frío hasta el punto de dejar de percibir la dulzura del sabor. Bramidos y lamentos procedentes de los animales alcanzaban nuestros oídos mezclados con el rumor del viento, mientras mamá alzaba de vez en cuando la vista para observarme, ante lo cual yo simulaba disfrutar del helado para no defraudarla.

Nunca llegué a saber si escribió o no una novela con un parque zoológico como telón de fondo. De lo que estoy seguro es de que en ninguno de sus esporádicos recitales nocturnos oí nada relacionado con el zoo.

«El tren permanecerá detenido hasta que se nos permita reanudar la marcha. Les rogamos disculpen las molestias ocasionadas y esperamos solucionar el percance con la mayor brevedad posible», repitió la megafonía del tren por enésima vez. El mensaje fue recibido con un suspiro de resignación por parte de los pasajeros.

—Cuerpo celeste que al desplazarse deja tras de sí un halo en forma de cola —dijo mi vecina, dándose unos golpecitos en la sien con la capucha del bolígrafo.

—Estrella fugaz —me aventuré a sugerir.

—No, no. Tiene que ser una sola palabra... En concreto, seis letras —musitó ella, contando con los dedos.

—Cometa —intervino una de las estudiantes universitarias.

—Cometa... —repitió mi vecina—. ¡Claro! ¡Eso es! ¡Muchísimas gracias! —exclamó, y se dispuso a rellenar los huecos correspondientes.

—Un placer —replicó satisfecha la muchacha, y volvió a centrar su atención en el debate teórico que mantenía con su compañera.

Me resultaba difícil aceptar la idea de que mi madre hubiera ido envejeciendo, porque la imagen que conservaba en mi memoria era la de una mujer joven y menuda. Me pregunté si durante el funeral no tendría la sensación de estar asistiendo al funeral de una persona desconocida para mí.

—El hombre que fue a su casa para cobrar la suscripción al periódico sospechó que podría haberle ocurrido algo, porque oyó el sonido procedente de la televisión, pero no recibió respuesta —prosiguió mi novia—. La encontraron apoyada boca abajo sobre la mesa, con el manuscrito de una novela entre sus brazos.

—¿Sabes si sufría problemas de corazón? —inquirí.

—La verdad es que no lo sé, pero el caso es que llevaba unos diez años sin presentarnos ningún nuevo borrador de novela y, prácticamente, habíamos perdido todo contacto con ella en la editorial. Que yo sepa, su editor habitual apenas tenía noticias de ella. Y, sin embargo... —se interrumpió bruscamente.

—Continúa, por favor —le rogué.

—Según he oído decir, se sentía abrumada por un persistente bloqueo creativo, ya sabes, el miedo a la página en blanco, y se llevaba consigo el manuscrito a todas partes, envuelto en una tela, porque estaba obsesionada con que podían robárselo si lo dejaba en casa.

Hasta donde yo sabía, mamá no llegó a cosechar ningún éxito significativo a lo largo de su carrera literaria, pero tampoco le fue mal: a los cinco o seis años de divorciarse de papá, obtuvo una mención honorífica en uno de esos galardones dirigidos a nuevos talentos de las letras; lo leí en un breve artículo periodístico y me hice con un ejemplar de la novela en cuestión. No supe bien qué opinar de la historia que contaba, aparte de que era de lo más extraña. Trataba de una anciana que alquilaba apartamentos y cultivaba zanahorias en un pequeño huerto adjunto al edificio del que era propietaria. Al parecer en el huerto empezaron a surgir zanahorias con forma de mano, incluidos los cinco dedos, hasta que, finalmente, aparecieron los restos óseos de su marido fallecido con las manos amputadas.

A dicha mención honorífica, le siguió la publicación de varias novelas que pasaron desapercibidas para los lectores, de esas cuyos volúmenes caen en el olvido en las librerías, en algún lugar poco accesible de sus estanterías. Yo, sin embargo, las compraba y me cuidaba bien de guardarlas en el fondo de un cajón para que papá no las descubriera.

Nunca supe qué impulsó a mamá a abandonar nuestro hogar, pero lo cierto es que, antes de hacerlo, sus soliloquios susurrados habían ido en aumento hasta el punto de que ya no se cohibía ante mí, aunque notara que la había descubierto, y continuaba bisbiseando como un disco rayado en mi presencia.

—Te has portado muy bien todo este tiempo —me dijo el último día, colocando la palma de sus manos sobre mis mejillas. No llevaba al cuello el colgante de la medalla—. Te has portado mucho mejor que yo.

Sentí en la piel de mis mejillas la frialdad de sus manos, gélidas como aquel día en el zoológico.

—¿Preparados? —avisó el tutor de los niños, que se habían levantado de sus asientos a una señal de este para formar dos filas en el pasillo del vagón, y acapararon la mirada de todos los pasajeros.

Mi vecina cerró la revista y las universitarias interrumpieron su acalorado debate. Los niños juntaron las manos a la espalda y separaron levemente las piernas. Parpadearon repetidamente.

—Con todos ustedes —anunció circunspecto el tutor—, la canción de cuna *Sandmännchen*, del maestro Johannes Brahms.

A falta de batuta para dirigir, tomó un bolígrafo y, elevándolo, hizo una vigorosa señal de comienzo.

Inesperadamente, el aire vibró y el espacio del vagón se llenó de voces infantiles y cristalinas, tan bellas que costaba creer que fueran humanas. Se colaban en nuestros oídos y volaban hasta el lejano manantial de nuestra memoria, peinando sus tranquilas aguas con un estremecimiento. ¿Cómo era posible que niños tan pequeños lograran con sus voces calmar el corazón de los adultos?

Recé por mamá. Fuera, continuaba nevando.

Tiempo después, recibí una caja de cartón no muy voluminosa con algunas pertenencias que ella me había legado, en cuyo interior había algunas prendas de vestir, objetos decorativos, cuadernos de notas y fragmentos de manuscritos y recortes varios. Entre estos, hallé un viejo recorte de periódico enmarcado, amarillento y descolorido sin duda tras largos años de exposición a la luz.

En él, una mujer escuálida y entrada en años esbozaba una sonrisa. Llevaba un pañuelo anudado a la cabeza y mostraba triunfante una zanahoria con forma de mano. Junto a la anciana se encontraba mamá. También ella sostenía una zanahoria de similares características, aunque no se apreciaba jactancia alguna en su expresión. Al contrario, daba la impresión de sentirse incómoda y cohibida. Debió de ser aquel un día soleado, porque mamá, tal vez deslumbrada por la luz, entrecerraba los ojos, dándole el aspecto de que estaba llorando.

Batas blancas

—Una bata corta de urología; una larga de cirugía endocrina; una corta de urgencias...

Mi cometido era recoger todas las batas sucias usadas por médicos y pacientes, previamente amontonadas sobre el suelo de la sala segunda de reuniones, para revisar sus bolsillos, leer la sección o especialidad médica a la que pertenecieran, escrita con rotulador en el envés de la solapa del cuello, y, por último, introducirlas en el carrito mientras mi compañera, cómodamente sentada, tomaba nota de las que yo iba nombrando para cotejar la lista cuando la lavandería nos las devolviese limpias.

De todas las responsabilidades que se me habían asignado en torno a asuntos varios de mantenimiento, administración y secretaría del hospital, la de clasificar batas sucias era la que más detestaba: aparte de lo inmundo de la propia tarea, el hecho de que la lavandería adonde debíamos transportarlas se encontrara en un lóbrego sótano, junto al velatorio, me ponía los pelos de punta.

El ascensor que llevaba al sótano era una antigualla de techo alto, que producía un insufrible traqueteo cuando se ponía en movimiento.

Al abrirse las puertas, aparecía un pasillo de paredes color crema insuficientemente iluminadas por fluorescentes cubiertos de polvo, tan largo y estrecho que me preguntaba cómo se las arreglarían para transportar a los pacientes fallecidos del hospital hasta el velatorio.

En muchas ocasiones, cuando empujábamos el carrito repleto de batas sucias por el pasillo del sótano, en dirección a la lavandería, tanto a ella como a mí nos parecía sentir el tacto de una gran mano invisible que imprimía cierta fuerza sobre nuestras espaldas, ante lo cual nuestra reacción era acelerar aún más el paso para dejar atrás aquella desagradable sensación. Recorríamos el pasillo a toda velocidad y, para evitar perder el control del carrito y que acabara estampado contra la puerta del velatorio, tensábamos nuestras manos sobre el asidero del carrito y pisábamos con fuerza para frenar al final.

—¡Dios mío! ¿Lo has notado tú también? ¡Qué escalofrío! ¡Un día me va a dar algo! —exclamaba ella.

La única explicación sensata para aquel fenómeno era la suave pendiente descendiente del pasillo al poco de iniciarse, pensaba yo mientras contemplaba con el rabillo del ojo la belleza pálida y mortecina de su perfil, bajo la turbia luz que reinaba allá abajo.

Lo que no llegaba a explicarme era el pavor irracional que se apoderaba de mí en las inmediaciones del velatorio, cuando sabía muy bien que también se producían defunciones de pacientes ingresados en cualquiera de las habitaciones del hospital, no muy lejos de donde yo me encontraba, mecanografiando la tesis en la secretaría o saboreando unos dulces en la sala de descanso.

—Dos batas cortas de dermatología; una larga de medicina cardiovascular; bata corta de cirugía bucal...

Aquello se me hacía eterno. El montón de batas no parecía disminuir nunca.

—Si no me equivoco, mi novio tiene turno esta tarde en el centro de endoscopia —comentó ella sin levantar la mirada de la lista de batas.

—Sí, hoy es lunes —repliqué yo. Tenía perfectamente memorizados los horarios y turnos correspondientes a neumología—. Si tienes algo que hacer, puedo encargarme del trabajo de esta tarde...

—No, no. No lo decía por eso —se apresuró a contestar, negando con la cabeza mientras buscaba con el dedo la columna correspondiente a «cirugía bucal».

Su novio, o mejor dicho, su «querido», era médico residente en la especialidad de neumología e imaginé que tal vez en ese preciso instante estuviera insertándole su fibroscopio en los bronquios a algún paciente para escudriñárselos.

Tomé otra bata sucia en mis manos, y al extenderla para sacudirla, algo cayó de uno de los bolsillos y rodó por el suelo hasta chocar con una de las patas del carrito. Por lo que parecía, era un hueso de ciruela, si bien se me antojó pensar que, a juzgar por su forma y su tamaño, podría haberse tratado de un testículo seco.

¿Qué sentido tenía meter un hueso de ciruela en el bolsillo de una bata? Tras darle algunas vueltas, lo dejé correr sin hallar ninguna explicación convincente. De todos modos, no era la primera vez que un objeto caía del bolsillo de una bata; los había para todos los gustos: un bulbo de jacinto, el corcho de una botella de vino, una pequeña Biblia, el tallo de una berenjena, condones, pestañas postizas...

Lanzados de improviso y despojados del cálido cobijo de sus bolsillos, aquellos objetos rodaban azarosamente por el suelo de la sala segunda de reuniones hasta detenerse, y allí, como insectos, parecían agazaparse temerosos por la falta de protección.

—Anoche me dio plantón —intervino de nuevo ella.

—Eso es que tuvo alguna urgencia. A menudo se les requiere para atender a un paciente justo antes de la hora de salida —estimé al tiempo que recogía el hueso de ciruela y lo tiraba al cubo de la basura.

—No. Se dirigía a casa de los padres de su mujer para hablar del divorcio y había prometido verme de inmediato y contarme cómo le había ido. Pero no lo hizo.

La susodicha esposa del médico residente llevaba un mes viviendo en el domicilio paterno tras dar a luz a una niña, la primera después de dos niños varones, cosa que yo sabía porque ella misma, me refiero a mi compañera de trabajo, me lo había contado.

—En fin, que ha vuelto a darme largas con una excusa un tanto cuestionable —continuó ella—. Por lo visto, el tren en el que viajaba quedó bloqueado por la nieve y ni siquiera pudo llegar a casa de los padres de ella. Y, por tanto, tampoco a la mía, después. Pero ¿tú te creerías una historia así? ¡Si los almendros ya están en flor! ¿Cómo va a haber caído una nevada tan fuerte como para impedir que un tren continúe su trayecto?

—No tiene por qué ser mentira: a comienzos de la primavera, el tiempo suele ser muy inestable y puede dar más de una sorpresa. ¿Por qué no llamas al servicio de meteorología para confirmar si se produjo o no tal nevada? Y aun cuando fuera mentira, yo apostaría por que un paciente inesperado de última hora fue lo que lo retuvo en realidad. En dicho caso, a él le habría parecido más creíble la historia del tren embarrancado por la nieve que la verdadera acerca del paciente. ¿Me sigues?

En realidad, mi intención no era otra que consolarla, aunque era evidente que no tuve mucho éxito.

Culta, de modales elegantes, devota al trabajo..., recuerdo el regocijo que sentí secretamente cuando me comunicaron que formaría equipo con ella una vez que obtuve el puesto en la secretaría del hospital universitario. Por si fuera poco, ella poseía una hermosura hipnótica y fuera de lo común. Era imposible cansarse de mirarla. Yo estaba convencida de que no podría irme mal en el trabajo, teniéndola a ella cerca.

Una vez comenzada la rutina laboral diaria, me percaté de que su belleza resultaba aún más arrebatadora de lo que me había figurado. Reparé en la cristalina intensidad de su mirada cuando buscaba determinado carácter japonés en el teclado, en la perfección del contorno de sus orejas cuando le asomaban entre el pelo al atender el teléfono y en la presteza y diligencia de sus dedos, gráciles en el manejo de la fotocopiadora, cuando realizaba copias de documentos destinadas a reuniones y congresos.

Sacaba la punta de la lengua para humedecer el borde de la solapa de los sobres azul pálido que debíamos enviar, le asomaba sonrosada y húmeda entre los labios, fugaz y huidiza; y entre todos sus cautivadores gestos, aquel era el que más me fascinaba.

Siempre urdía algún pretexto para cederle a ella dicho cometido: que si acababan de requerirme para algo urgente, que si la máquina de escribir acababa de averiárseme (mecanografiábamos la dirección del destinatario en una de las caras de los sobres). Pocas veces, sin embargo, lograba salirme con la mía.

—Si te digo la verdad, me encantaría echar un vistazo a través de uno de esos broncoscopios —comenté de repente, sin más propósito que el de dejar a un lado el tema de su «querido»—. ¿No irás a decirme que no te atrae la posibilidad de fisgonear por el interior del cuerpo humano?

Ella se limitó a asentir vagamente con la cabeza.

Reparé entonces en una oscura mancha de sangre en la bata que acababa de recoger. La deposité sin perder tiempo en el carrito, junto a las otras, pero fui incapaz de obviar la cuestión de si aquella mancha procedería de un esputo de origen pulmonar o de un vómito gástrico, al tiempo que me compadecía del grado de dolor experimentado por el paciente.

—Una vez, me sometí a una exploración con un broncoscopio, pero hace tantísimo tiempo que ni lo recuerdo —proseguí—. Resultó que me atraganté con un cacahuete, y por poco me cuesta la vida. En el lugar donde se quedó atascado el cacahuete, se acumuló mucosidad y la tráquea se me obstruyó por completo. Me hizo reflexionar sobre lo vulnerables que somos. A la que nos descuidamos, hasta un simple cacahuete puede mandarnos al otro barrio.

No reaccionó a mis palabras. Su silencio me hizo retomar el rutinario recital de batas y especialidades médicas, en aquella sala segunda de reuniones carente de ventanas y de aire enrarecido, con aquel hedor a medicamento y putrefacción flotando en cada rincón.

Me consta que ella y su «querido» se han visto y han tenido encuentros «románticos» en todos los lugares imaginables dentro de los confines del hospital: desde el mismo centro de endoscopia y las zonas de rehabilitación, hasta la sala de esterilización de instrumental médico, pasando por el laboratorio de experimentación con animales o incluso el almacén donde se guardan los contenedores de basura. No me extrañaría que él ya le hubiera inspeccionado hasta los bronquios a ella.

Me pregunté si todo en ella sería tan cautivador y embriagador como lo que estaba a ojos vistas, su anatómica y sinuosa belleza, certificable con solo mirarla, y me respondí que seguramente sí, que incluso sus membranas y mucosas ostentarían un color rojo, vivo e intenso, y habría en ellas una tibieza reconfortante, y que sus protuberancias y cavidades, y todo el abanico de formas y recovecos que conformasen sus entrañas, tendrían la hermosura de un finísimo tapiz de seductores cilios y flagelos ondeando en colectiva danza de seducción, alentando al visitante, al cuerpo extraño —el broncoscopio, tal vez— a penetrar en sus conductos y hendiduras, y explorar adentro, en pos de oquedades y oscuridades.

Admiraba yo, además, en ella, sus inquebrantables hábitos de trabajo, indiferentes a la dureza o simplicidad de la labor que se le hubiera encomendado, ya fuera en el manejo de documentos —para sujetar menos de veinte folios utilizaba un clip, y si eran más, lo hacía con una pinza de carpeta—, ya en el modo de servir el café —en reuniones y congresos, servía el café con azúcar en sobres finos y alargados, mientras que a las visitas que se acercaban al hospital se lo ofrecía con terrones de azúcar—, ya en la empecinada manía de escribir con bolígrafo el nombre y señas del destinatario en los sobres, o en su invariable costumbre de quintuplicar, por medio de la fotocopiadora, el tamaño del registro de las intervenciones quirúrgicas programadas y adherirlo en el extremo superior izquierdo de la pizarra, en el lateral de las taquillas y sobre la puerta de la sala de descanso. Por su parte, los dulces y pasteles con que se nos obsequiaba ocasionalmente siempre encontraban su lugar en el extremo derecho de la balda intermedia del armarito de que disponíamos.

Tan inconcebible como utilizar una pinza de carpeta para sujetar un grupo de diecinueve folios era que el registro de intervenciones quirúrgicas apareciera ampliado a doble tamaño o que los dulces reposaran sobre el anaquel superior. En definitiva, ella nunca cedía a la tentación de contravenir sus propias reglas.

Un día, apenas comenzada la jornada laboral, acabábamos de llegar a la secretaría cuando nos abordó el jefe de neurología, cargado de folios sobre los que había garabateado un número ingente de gráficos y datos, para solicitarnos su copiado y transcripción al formato de diapositiva, con el fin de usarlo en un congreso médico. Puesto que había no menos de treinta complejísimos diagramas de barras y debíamos tenerlo todo listo en dos días, nos repartimos sin demora la tarea de redibujar con precisión aquellos gráficos bosquejados a mano alzada por el doctor y mecanografiar los valores numéricos y textos manuscritos que los acompañaban.

—Por favor, encárgate tú del color de las barras. Utiliza el 508, ¿de acuerdo? —me pidió ella—. Es el color que siempre utilizan en neurología para las diapositivas de los congresos.

Hice lo que ella me dijo y fui recortando y adhiriendo plantillas del 508, número que se correspondía con un tono gris apagado.

Para nuestra sorpresa, cuando le presentamos nuestro trabajo, el facultativo lo lanzó contra la mesa con tal ímpetu que algunos de los folios se esparcieron por el suelo.

—¿Qué esperáis que haga yo con esto? ¡El color no se verá en las diapositivas!

—Lo sentimos muchísimo —se disculpó ella, adelantándose a mí.

Su voz transpiraba pureza y humildad, y un grado tal de honestidad y compromiso que era imposible resistirse a ella.

—He cometido el error de no verificar el color según sus indicaciones —continuó ella—. Sé que el código utilizado siempre en congresos y conferencias es el 608, y, sin embargo, he descuidado la supervisión del trabajo de mi colega, que es quien se ha encargado de las plantillas de color. Le pido mis más sinceras disculpas; he debido estar más atenta. Y, por favor, discúlpela también a ella: es daltónica. Tendrá todo el material corregido y listo hoy mismo.

La seguridad de sus palabras bastó para alentar el inmediato consentimiento del doctor, que se marchó *ipso facto* sin pasar a mayores.

¿Daltónica? Tardé unos segundos en asimilar el significado de dicho vocablo. Permaneció vibrando en mis oídos el eco de aquella exótica palabra y, aunque sentí el impulso de intervenir, no despegué los labios.

No albergué ninguna duda de que el código indicado por ella había sido 508, y lo recordaba porque el número coincidía exactamente con el de la puerta de su apartamento.

Por si fuera poco, ella misma había revisado en repetidas ocasiones el color de los gráficos durante nuestro trabajo, y justo antes de presentárselo al doctor, había vuelto a echarle un vistazo, verificándolo hasta tres veces. El código 608 correspondía a un azul brillante que nada tenía que ver con el plomizo gris del 508.

Fuera como fuese, nos apremiamos a recoger los papeles del suelo y ella, sin ofrecerme ninguna opción a réplica, me ordenó encargarme de la corrección.

—Ya sabes —se reafirmó—, quien la hace la paga.

Por fin, pasada ya la medianoche, en la más estricta soledad y sintiéndome abducida por movedizas aguas azul brillante de un pantano sin fondo, di por finalizado el arreglo de color de todos los diagramas de barras de la presentación del doctor.

A la mañana siguiente, ella, otorgándose todo el mérito de la ardua labor de corrección, le entregó al facultativo mi trabajo nocturno. Este, manifiestamente complacido, no lo dudó dos veces a la hora de expresar su agradecimiento mediante una invitación a comer..., de la que fue receptora y beneficiaria solo ella.

Sí, ella: la omnisciente, la poseedora de la razón, la que jamás cometía un error...; ella, la que, consagrada en cuerpo y alma a proteger la imagen de sí que deseaba proyectar sobre los demás, no tuvo inconveniente alguno en diagnosticarme, con la mayor desvergüenza, daltonismo.

—Precisamente cuando habíamos convenido en que le propusiera el divorcio a su mujer, no se le ocurre nada mejor que dejarla embarazada —protestaba ella mientras yo extendía una bata más. Dos vales de comida del comedor del hospital volaron desde uno de los bolsillos hasta el suelo—. ¿No te parece raro? Estoy segura de que trama algo, la muy arpía —prosiguió sin levantar la mirada de la lista—. Nada bueno, seguro.

Se trataba claramente de un soliloquio, así que no hice ningún comentario. Era fascinante contemplar cómo perdía la compostura en cuanto sacaba el tema de su «querido», pese a los elevados niveles de eficacia que demostraba en el desempeño de sus funciones laborales.

—Mira que es un hombre seguro de sí mismo, pero cada vez que le pregunto si ha hablado con su mujer del divorcio, se limita a darme largas y balbucear excusas de niño azorado. Y... ¡a cuál más enrevesada! Que si el mayor de sus hijos anda alterado por los exámenes de la escuela primaria; que si su mujer ha sido ingresada por contracciones prematuras; que si están llevando a cabo un experimento de extremada importancia en el laboratorio del hospital y necesita concentrarse en ello; que si se acercan las elecciones del profesorado universitario; que si ha sufrido una subida de tensión asociada a la gestación, y tanto la madre como la niña se encuentran en una situación delicada; que si ha caído una fuerte nevada... Su abanico de pretextos es tan variado como ilimitado es el desfile de circunstancias que los originan.

Yo aprovechaba las breves pausas de su discurso de excusas para insertar mi cantinela de batas y especialidades médicas, a lo que ella, eficiente como siempre, añadía la consabida marca en el renglón correspondiente.

Húmedas, llenas de arrugas y desgastadas por el roce, las batas no podían estar más ajadas. Además de las típicas manchas de sangre, estaban rociadas por expectoraciones compuestas de jugos gástricos, líquido seroso de origen abdominal, saliva, orina o lágrimas. Todo líquido corporal encontraba representación sobre el tejido de las batas, con sus particulares y característicos olores y colores, y yo me preguntaba por qué el cuerpo humano debía rebosar de tan nauseabundos fluidos.

—Cuando uno miente una vez, puede continuar haciéndolo sin fin —intervine, muy consciente de que ella misma podía aplicarse el cuento y de que era una mentirosa bastante más hábil que su «querido».

—Ya eran más de las diez cuando se presentó en mi casa anoche. Llegó agotado. Por lo visto, había pasado más de cinco horas atrapado en el tren. Pero, voy a decirte una cosa, quien de verdad estaba cansada era yo. De esperarlo expectante; de no moverme del sitio; de estar pendiente de cada leve sonido; de que se enfriara y echara a perder el almuerzo que había estado preparándole desde primera hora de la mañana; de que fuera oscureciendo; de que el maquillaje se me fuera estropeando. Esperé hasta justo antes de volverme loca.

Ella mantenía la mirada baja mientras se pasaba los dedos entre el cabello. Dejó caer el bolígrafo sobre la mesa. Reparé una vez más en su cuello lechoso y en la delgadez de sus hombros.

—¿Y sabes qué dijo? —continuó—: El tren me ha dado tiempo para pensar y hacerme ver que aún no ha llegado el momento. Así que, te lo ruego, dame más tiempo. Y después, abrazados, volvimos a lo de siempre, a nuestra condena a no avanzar más allá de esos abrazos.

Me era imposible imaginarlo a él sobre su cuerpo desnudo, acariciándole el pelo, reptando sobre su piel, rozándose con sus membranas mucosas, porque aquella belleza suya que yo contemplaba hipnotizada pertenecía a la secretaría, y, más excelso que aquella acción de cerrar los sobres, humedeciendo sus bordes, no podía haber nada.

—Tres batas largas de medicina digestiva; una corta de oftalmología; una larga de neurocirugía; cuatro cortas de pediatría... —enumeré elevando el tono de voz.

Pero ella no buscaba ya con el dedo el renglón correspondiente en la lista y el bolígrafo permanecía inmóvil en el borde de la mesa.

—¿Cómo pudo ser capaz de decirme algo tan doloroso con esa parsimonia? —se preguntó—. Mi paciencia tenía un límite y yo lo alcancé en ese momento. ¡Basta! ¡Ni un instante más!

Tomé la lista en mis manos e hice las pertinentes marcas sobre el renglón correspondiente, tratando de imitar el trazo de ella.

—Así que decidí poner punto final al asunto —añadió fríamente—. Lo maté.

Logré a duras penas reprimir un grito; y mi sedienta imaginación voló hacia su mano empuñando el cuchillo, cuya hoja arrojaría haces de luz sobre sus gráciles dedos, otorgándoles el protagonismo que se merecían, antes de clavarse reiteradamente en el gaznate del médico residente, de cuya herida abierta habría brotado entonces un chorro de sangre con el que no tardarían en mezclarse grumosos jugos gástricos.

Ella, sin embargo, permanecería inmaculada entre aquella vorágine de fluidos.

Una vez más, recogí una bata del montón y la extendí.

—Bata larga de neumología.

Resultó ser la del médico residente de neumología, su «querido». Al alzarla y sacudirla al aire, de uno de sus bolsillos cayó una lengua —aquella lengua, sin duda, acostumbrada a elaborar excusas—, seguida por unos labios, dos amígdalas y un gurruño de cuerdas vocales calientes y blandos aún.

Corazón hilvanado

—¡Doctor Y de neumología! ¡Doctor Y de neumología! Por favor, póngase en contacto con el servicio de urgencias.

La llamada llevaba cinco minutos repitiéndose por la megafonía del hospital y me pregunté quién sería aquel doctor mientras contemplaba inmóvil el intrincado plano del hospital que supuestamente habría de indicarme cómo llegar hasta la sala deseada, rebosante de palabras inhabituales para mí: «archivo de historiales médicos», «sala de tratamiento por ondas de choque», «UCI», «salón de congresos», «centro de endoscopia»...

—¿No sabrá usted por casualidad quién es ese tal doctor Y?

—Sí, uno de los residentes de neumología.

—¿Y ha sucedido algo que requiera especialmente su intervención?

—Lo que ha ocurrido es que hoy no se ha presentado al trabajo, así que todo el mundo anda buscándolo.

La chica del mostrador de información contestó con amabilidad, aunque no de muy buen grado, mis inoportunas preguntas, pensando sin duda que el asunto no me incumbía lo más mínimo.

—Disculpe, ¿me podría indicar cómo llegar a cirugía cardiovascular? —pregunté por fin. Pronuncié cada palabra despacio, sin atolondrarme, tratando de evitar dar rienda suelta a mi caprichoso ritmo cardiaco, que tendía a desbocarse ante la menor alteración.

—Ascensor de enfrente, séptima planta —replicó seca la joven, señalando al otro lado de la recepción. Me fijé en que el esmalte de la uña de su índice estaba cuarteado y medio desprendido.

Desde hace veinticuatro años, me dedico a fabricar bolsos, carteras, maletines y maletas que vendo en un humilde comercio situado en una minúscula callejuela junto a la estación de tren.

Se trata de un local de apenas veintiséis metros cuadrados, realmente angosto, pero agraciado con un escaparate bastante amplio, una mesa con sus correspondientes sillas, un gran espejo vertical, un mueble repleto de cajones, perfecto para guardar el material de trabajo, y, al fondo, separado por cortinas del espacio de venta, un modesto taller. Confecciono desde pequeños y elegantes bolsos, ideales para fiestas, hasta maletas de viaje, pasando por sofisticados bolsos de piel de avestruz: un amplio abanico de artículos que con indisimulado orgullo exhibo en el escaparate del local, donde unos pocos maniquíes los muestran a los transeúntes, con ese aire afectado que los caracteriza. El paso de los años ha dejado huella en sus rostros, que acumulan una película indeleble de polvo y pelusa (he de reconocer que no he modificado el escaparate desde que abrí la tienda y que los maniquíes permanecen en el mismo lugar y con la misma pose con que los dispuse hace años).

Mi vivienda, justo encima del local, se compone de dos estancias: una cocina que hace las veces de comedor y una sala de estar que hace las propias de dormitorio. Por fortuna, es muy luminosa, aunque esto me trae no pocos problemas, por ejemplo, cuando me distraigo durante las tardes despejadas de invierno y el sol se cuela por las ventanas para bañar la jaula de mi hámster, que debe de ser alérgico a los rayos de sol, porque se pone enfermo si le dan directamente, y entonces corro a colocar la jaula debajo del lavabo, el lugar más fresquito de la casa.

Al anochecer y tras la jornada laboral, abandono el taller y subo al piso superior, me quito la ropa de trabajo y me doy una ducha. Ceno y... me quedo de brazos cruzados, sin saber qué hacer. Me sobra tiempo. Tantos años de vida en soledad han acabado erosionando las aristas de mis días, cosa que no le ocurre a alguien con familia; en una persona con responsabilidades familiares, todo está lleno, ocupado: tendrá que fregar el suelo de la ducha, cambiar las toallas, cortar queso o preparar el aliño para la cena... Qué sé yo. Pero la mía, no pasa de ser una existencia solitaria y sencilla, que no requiere más que actos sencillos para sustentarse y prolongarse indefinidamente.

En comparación con mi ramplona vida, la creación y elaboración de bolsos y maletines me ofrece posibilidades inagotables y, una vez acabados, me satisface enormemente contemplarlos y acariciarlos, sabiendo que proceden de mis manos. Nunca me canso de hacerlo. No solo la concepción originaria de la idea corre de mi cuenta; también planifico de antemano los más sutiles detalles que compondrán el bolso: el tipo de brillo que producirán los adornos metálicos o el número de puntadas que debo dar. Dibujo bocetos, creo los patrones de papel que me sirven de plantilla para cortar el material y, finalmente, coso yo mismo cada pieza.

Ver como el bolso va tomando forma me llena de una felicidad inenarrable. Experimento el universo entero y me siento traspasado por sus leyes, que se concentran y despliegan su acción en las yemas de mis dedos y entre el reducido volumen de espacio que mis manos abarcan.

Pero algún lector reflexivo tal vez elevaría una protesta tan pertinente como sensata: ¿a qué viene tanta exaltación? ¿No son acaso un maletín y un bolso meros objetos para transportar otros objetos? Pues sí, esa es la clave del asunto. No guardan ellas (me referiré a mis creaciones como «ellas», si me lo permiten) aspiración alguna para sí ni buscan protagonismo o función relevante, ni siquiera ser amadas por sus dueñas; solo anhelan resguardar en su seno los más diversos objetos y que las sujeten cuidadosos brazos y manos, haciendo gala de elegante discreción, de serena contención y paciencia. Esa es su única aspiración.

Termino la cena, bajo la intensidad de la luz para dejar la sala en penumbra y, con una taza de té chino en las manos, me siento en el sofá, junto a la ventana, a contemplar la calle mientras sorbo perezosamente el té.

Saboreo con especial deleite las noches de luna llena, porque al vivir en una callejuela oscura, apenas transitada y con alumbrado eléctrico nimio, la luz plateada del astro baña el pavimento sin obstáculos, dándole todo su esplendor. Y no hay nada mejor que ver esa luz argentada desparramarse sobre mis creaciones bajo aquella atmósfera irreal transitada por oficinistas que regresan de su trabajo a horas intempestivas, chicas de alterne y tristes borrachos o parejas noctámbulas.

El bolso, cartera o maletín que cada transeúnte lleva consigo representa fielmente, en función de su forma y color, su estilo de vida. Veo pasar a alguien con una cartera de base abultada por el peso de su contenido, asa mugrienta y dos llamativas rozaduras; o me fijo en una mujer cuyo bolso gastado y descolorido ofrece un contorno sinuoso que hace resaltar la redondez del rostro de su dueña.

La luz de la luna me permite atisbar las expresiones de los viandantes y, justo cuando alguien pasa ante el escaparate de mi humilde tienda, experimento una momentánea eclosión de complacencia y gozo.

Mi hámster corretea en bucle, haciendo girar la rueda de su jaula a poca distancia de mis pies, y yo apago la luz de la estancia y permito que sea la luna la que veladamente ilumine el interior. Lo hago por mi hámster; a él le gusta la penumbra y en la noche se encuentra a sus anchas. Es un animal muy pacífico, nunca se le escapa un chillido y se limita a ocasionales estornudos tan suaves como efímeros, que no llegan a enturbiar la quietud del ambiente.

Reparo en una joven que se interna en la callejuela, enfundada en una blusa ligerísima, con un bolso colgado del hombro y cuyo broche metálico lanza destellos dorados al ritmo del balanceo de sus caderas. Más tarde, pasa una muchacha cuyos dedos tensos se aferran con todas sus fuerzas a las correas de una bolsa de viaje, hundidos como si fueran a fundirse con el cuero mismo. Me figuro que su interior contiene algo de suma importancia y me recreo en la contemplación del temblor de la bolsa a cada paso de ella, cada vez que roza sus muslos, como si tratara de sujetarse a ellos.

Sorbo el té y echo un vistazo al hámster, que se afana en acumular pipas de girasol en sus carrillos. Siento punzadas de dolor en las manos, cruel retribución de una jornada entera dedicada a la aguja y el punzón.

No me considero uno de esos artesanos que, ya sea por arrogancia o por pereza, les ponen pegas a los encargos particulares que reciben, procedan estos de quien procedan y sean de la naturaleza y dificultad que fueren. Me adapto con facilidad a los deseos del cliente y busco su satisfacción, ofreciéndole un resultado de calidad y que se adapte al fin que el cliente desee darle al bolso, bolsa o maletín. ¿Que es para transportar una prótesis? Perfecto. ¿Para llevar consigo un orinal a todas partes? Muy bien. ¿Un rifle tal vez? Ningún problema. ¿Para llevar huevos frescos? De maravilla. ¿Una dentadura postiza? Bien.

Estoy, como quien dice, de vuelta de todo, y, sin embargo, un día se presentó una mujer cuya petición me hizo sentir un miedo inusitado e indefinible, habida cuenta de que nunca me habían solicitado un encargo de semejantes características.

—Deseo que me haga un bolso cuyo material, hechuras e interior se adapten para albergar un corazón —pidió dignamente la mujer.

—¿Cómo dice? —exclamé, convencido de no haber oído bien.

Carraspeé tratando de ocultar mi desconcierto y la invité a tomar asiento en una silla, cosa a la que ella accedió tras despojarse del abrigo y dejarlo colgado en el respaldo. Era una prenda demasiado gruesa para la estación y demasiado grande para su complexión.

Se movía grácilmente, si bien de manera impostada, como lo haría una mujer deseosa de captar la atención de un hombre.

—¿Ha dicho usted «corazón»...? —logré, por fin, balbucear.

—Según tengo entendido, usted confecciona todo tipo de bolsos.

Se quitó las gafas de sol y dio unos golpecitos sobre la mesa con sus largas uñas.

—Y no se equivoca en absoluto —repliqué, recomponiéndome. Dejé pasar unos instantes para serenar el ambiente, y luego coloqué ante ella mi álbum de diseños y lo abrí con lentitud—. Veamos. Un bolso cuyo principal propósito sea transportar un corazón, ¿verdad? —dije impasible.

—Así es.

En su voz se agazapaba una frialdad capaz de congelarle los tímpanos a cualquiera. Me causó una impresión enorme.

Era alta y esbelta, y de hombros caídos —pensé que un bolso para colgarse al hombro no encajaría con ella—. Su cabello ligeramente ondulado le serpenteaba por la espalda hasta cubrirle los omóplatos. Durante nuestro encuentro, mantuvo sus ojos almendrados fijos en la superficie de la mesa, sin intención aparente de dirigirlos hacia mí. Desde luego, parecía asustada.

Mi azoramiento no se disipaba: aparte de lo inquietante del encargo, algo en ella me producía un especial desasosiego.

Pensé que tal vez fuese el pequeño bolso que reposaba sobre sus rodillas. Dada mi profesión, suelo prestar atención a los bolsos de las clientas que tienen la deferencia de acercarse hasta mi tienda; en ellos veo una extensión de su personalidad. El de ella era de piel de cocodrilo, de buena calidad, pero deformado y sin lustre, debido tal vez al uso de un producto limpiador no apto para dicho tipo de piel. Era la más patente expresión del agotamiento de su dueña; un complemento que no estaba a la altura de la belleza de su voz.

—No sabe usted cuánto me alegro —apreció la mujer, con inesperada camaradería—. Como podrá imaginarse, en más de un taller me han dado con la puerta en las narices...

Se apartó el flequillo de la frente y echó un vistazo a los bolsos de piel expuestos sobre los anaqueles de una estantería.

Fue entonces cuando reparé en el detalle que tanta desazón me había producido: se trataba de un bulto en el lado izquierdo de su torso. En tanto que la mitad derecha no mostraba ninguna anormalidad, una hinchada deformidad, discreta pero evidente, recorría la izquierda desde la clavícula hasta el costado y rodeaba la protuberancia del seno izquierdo sin interferir con ella. Según descubrí muy pronto, el corazón de la mujer estaba situado en la parte externa del tórax.

—He probado todo tipo de materiales y tejidos —relató ella—: seda, algodón, nailon, vinilo, papel japonés, paja y plástico, sin éxito en ninguno de los casos. Es vital mantener la temperatura estable, puesto que un descenso excesivo puede producir consecuencias fatales, pero conseguir eso es precisamente lo más complicado. El segundo problema es el de las secreciones. Me explico: materiales como la seda, el algodón o el papel japonés tienen una gran capacidad de absorción, lo cual hace que el órgano se seque con rapidez. Por otro lado, el vinilo no transpira y, por tanto, en su superficie se forma una pegajosa película procedente de las secreciones.

Según me explicó, había nacido con el corazón fuera de la caja torácica, completamente separado del cuerpo, algo que, pese a los esfuerzos de ella por explicármelo, no lograba yo entender del todo. No obstante, el órgano cumplía con su función perfectamente y latía con total normalidad, pero en el exterior del pecho.

Si bien debía estar pendiente de no golpearlo por descuido ni dejarlo expuesto al aire, no requería, afortunadamente para ella, de tratamiento especial alguno. Le convenía, por tanto, mantenerlo resguardado bajo una pared protectora que cumpliera el papel natural tanto de costillas como de tejido muscular, adiposo y piel.

Si atendemos a la precisión léxica, una cubierta protectora como la que se me encargaba difícilmente se ajustaría a la acepción de la palabra «bolso». Por otro lado, bien mirado, servía para guardar cosas de lo más variado y acompañaba a su portador, colgado de la mano, el brazo o el hombro, y eso sí se acomoda a la definición dada en el diccionario.

—Creo que la piel de foca le vendría a la perfección —propuse, extrayendo de la estantería un modelo confeccionado con dicha piel—. Mire, es recia y suave al mismo tiempo, y conserva muy bien la temperatura y el grado de humedad. Tenga en cuenta que está hecho con la piel de un animal marino de frías aguas. Además, puede lavarse con agua y su mantenimiento es sencillo. ¿Qué le parece?

La mujer lo tomó en sus manos.

—Me parece perfecto para albergar mi corazón —opinó mientras lo acariciaba y revisaba su interior. Luego, añadió—: Tal vez la mayor dificultad sea darle la forma adecuada. Habrá de ser algo así como un sujetador de una sola copa, suave para no dañar su delicado contenido y robusto para protegerlo. ¿Me comprende?

—Por supuesto. Quédese tranquila y déjelo en mis manos. Y no tenga ningún reparo en comentarme cuanto desee al respecto.

Cuaderno de apuntes en mano, comencé a delinear

algunas ideas, todavía muy vagas. De hecho, no veía nada claro qué dirección seguir, pero no quería que ella percibiera mi desconcierto.

—Por supuesto, debe poseer la suficiente holgura como para que el corazón se aloje cómodamente, pero no tanta como para permitir que baile y el tejido pueda dañarse —señaló la cliente—. Y si es demasiado estrecho, constreñiría la circulación de la sangre. En definitiva, es preciso encontrar la justa medida.

—Descuide. En todos mis encargos, sean estos de la naturaleza que sean, doy la máxima importancia a hallar el equilibrio exacto para con la persona que va a hacer uso del artículo.

—Me alegra que coincidamos.

La mujer sonrió por vez primera. Cruzó las piernas y abrió y cerró las patillas de sus gafas, y a cada uno de sus movimientos lo acompañó un leve temblor de su abultado costado izquierdo, donde cualquiera diría que se ocultaba un gatito hecho un ovillo bajo la blusa, y cuyo sueño ella trataba de no importunar, para lo cual evitaba todo movimiento brusco. Caí en la cuenta, entonces, de que aquel grueso abrigo que reposaba sobre el respaldo de la silla cumplía con la particular función de coraza protectora de tan valioso órgano.

—Habrá que tener en cuenta, además —prosiguió ella—, la necesidad de abrir unos orificios para permitir el paso a las arterias y venas. Puesto que es un asunto delicado, esa zona deberá quedar hilvanada hasta dar con la ubicación precisa del paso de cada vaso sanguíneo. Y en cuanto a la sujeción del bolso sobre el cuerpo, podría realizarse mediante una correa que se ajustase a los hombros y al cuello.

Entreví en ese instante la necesidad, seguramente imperiosa, de estudiar de primera mano aquel corazón externo suyo, y sentí que mi propio corazón comenzaba a latirme lleno de excitación. Al fin y al cabo, ¿a quién se le presentaba la oportunidad de contemplar un músculo cardiaco vivo? No sentí ninguna aversión ni temor ante dicha expectativa; al contrario, tuve una experiencia cercana al éxtasis.

Sin vacilar un instante, se quitó la blusa y el sujetador con la misma actitud con que lo habría hecho a solas. Sin duda, para una mujer como ella yo no era más que un lacayo. Para mayor discreción, la conduje a la sala de estar de mi vivienda del primer piso. Cerré las cortinas y coloqué la jaula del hámster, que dormía plácidamente, debajo del lavabo.

Lo había imaginado tan acurrucado en su escondite bajo la blusa que me sorprendió verlo palpitar. Se dilataba y contraía alternativamente como sobrecogido al quedar expuesto a mi mirada. Podía también contemplar el fluir regular e incansable de la sangre por aquellos delicados vasos sanguíneos, rumbo a las profundidades del cuerpo de ella.

Debido a la presencia externa del músculo cardiaco, el seno izquierdo le colgaba más que el derecho, creándose una especie de depresión en aquella zona. La piel, sin embargo, mantenía la tersura y suavidad propias de una mujer joven, y el pezón una forma impecable. He de aclarar que la contemplación del torso desnudo de la mujer no despertó en mí la más leve reacción concupiscente: no deseé hundir mis dedos en la blanda protuberancia de sus pechos ni llevar mis labios a la prominencia de sus pezones. En cambio, sí anhelé poder hacer aquello mismo en la carnosidad de su corazón.

La membrana rosada que lo abrigaba, su humedad tibia, su pequeño tamaño, su silueta perfectamente equilibrada, sus elásticas fibras musculares..., todo en él era tan hermoso que sentía que me faltaba el aire.

Imaginé que lo sostenía en las manos, que lo envolvía con ellas, y que estas se contagiaban de su humedad, que bastaría una leve acción de mis dedos para rasgar la membrana del pericardio y acariciar así, sin mediación, el palpitante músculo miocardio, asustadizo al reptar sobre él mis dedos, que trazarían una línea curva y recorrerían cada saliente y explorarían cada concavidad. Con mis labios ávidos besaría esos vasos sanguíneos y percibiría el rítmico flujo de la sangre. Me bastaría con apretar los labios para cortar aquellos blandos vasos, y una cascada de intensas sensaciones se desbordaría sobre mí, incitándome a presionar con más fuerza aún, para retenerla y evitar que se desvaneciera, aquella masa caliente atrapada en la jaula formada por mis manos.

—Permita que me lave bien las manos antes de comenzar —dije, haciendo lo posible por que no me temblara la voz.

—Sí, se lo ruego —replicó ella, inexpresiva.

El hámster, alertado por mis pasos, entreabrió los ojos y, tras un plácido bostezo, volvió a acurrucarse para continuar durmiendo.

Me lavé las manos con gran esmero, siguiendo el ritual con que se lo había visto hacer a un cirujano en la televisión: primero hice abundante espuma con el jabón y luego froté con un cepillo las uñas, los dedos, el dorso, la palma y la muñeca, hasta alcanzar finalmente los codos.

Pero seguía preguntándome qué hacer exactamente, por dónde empezar. La mera vista del corazón desnudo ante mí me sumió en un estado de abstracción rayana en la enajenación, y, mientras la mujer enderezaba su espalda desnuda y dejaba caer las manos, reparé una vez más en la notable caída de sus hombros, que bien podría deberse a la oquedad dejada por la ausencia de corazón en el interior de la caja torácica.

Observé la presencia de un lunar en su hombro derecho, en un extremo de la clavícula. No había ni un gramo de tejido adiposo de más en su cuerpo. Mi deseo estaba a punto de hacerse realidad, pero mi ansia era tal que apenas me veía capaz de mirar el órgano latiente.

Saqué fuerzas de flaqueza y me arrodillé, doblando una sola pierna, para acercar el rostro al corazón. Me dio la súbita impresión de haber menguado ante la mujer. Extendí una cinta métrica y tomé medidas de la masa palpitante. Longitud, ancho mayor y ancho menor, grosor, diámetro de arterias y venas que lo mantenían conectado al cuerpo, separación entre vasos sanguíneos... A lo largo del proceso, hice lo posible por no tocar su húmeda superficie, cosa que no fue fácil entre tanta maniobra y para lo cual tuve que aguzar toda mi capacidad de concentración. Tenía miedo de rebanarle un trozo de pericardio con un mal movimiento de la cinta métrica y de producirle una infección.

—No ponga tantos reparos —dijo ella—. Es más fuerte de lo que parece. De verdad, no se preocupe si necesita tocarlo.

Parecía haber adivinado mi cauto estado de ánimo, pero sobre todo me sorprendió la desinhibición que mostraba ante esa extraña situación: la cercanía de un desconocido cuyas manos arropaban, aun sin tocarlo, su corazón desprotegido.

En contraste con el aplomo de la mujer, su corazón perpetuaba sus contracciones, asustadizo, provocando espasmos en los vasos sanguíneos con cada bombeo de sangre. Su masa muscular mostraba un patrón apreciable a simple vista si uno se acercaba lo suficiente, semejante a un código arcano e indescifrable.

Me temo que bajé la guardia tan solo un instante,

pero bastó para que las yemas de mis dedos se posaran sobre la carne trémula. Mis dedos experimentaron una calidez que jamás había sentido antes y que se transmitió como un rayo al resto de mi cuerpo y me envolvió, induciéndome prácticamente un trance.

La cinta métrica cayó a mis pies.

—Discúlpeme —la voz se escapó reseca de mi garganta.

Recogí la cinta. La mujer no despegó los labios ni su cuerpo se desplazó un ápice. El tacto en mis dedos aún no se había desvanecido. Oí el insignificante chapoteo que mi hámster producía con la lengua al beber agua. Se habría despertado de su sueño.

La mujer era cantante en un bar de nombre R. Tras terminar la fase preliminar del bolso —los hilvanes sin retirar— que resguardaría su corazón, me acerqué a verla actuar sin decírselo.

Por lo que se refiere a mis clientes, no soy dado a mantener conversaciones banales ni a rebasar las lindes de mi profesión para mantener contacto de ningún tipo, pero en aquella ocasión, y por primera vez en mi vida, traté de encontrarme con una más allá de las cuatro paredes de la tienda.

Si me permiten unas palabras a modo de excusa, les diré que mi intención no era verla a ella, sino a su músculo cardiaco. Quería saber, más allá de mi experiencia directa con él, cómo era y qué trato recibía.

Me encontré en un lugar más amplio y acogedor de lo que había imaginado. Me alivió pensar que podría pasar desapercibido a ojos de ella y concentrar mi atención cómodamente en su corazón. Las mesas parecían ubicadas sin orden ni concierto y exhibían ese brillo opaco propio de años de exposición al humo del tabaco y a las manchas de alcohol. Tomé asiento en una de las más apartadas. El suelo de madera estaba muy gastado y lleno de cáscaras de cacahuete. Y en pie, junto a un piano, se encontraba ella, iluminada por la luz anaranjada de un foco que la apuntaba en exclusiva.

Le pedí al camarero una cerveza, aunque me habría servido cualquier otra bebida porque no bebo alcohol y no pensaba dar un solo sorbo. El camarero depositó un platito lleno de cacahuetes sobre la mesa y se marchó.

La mujer llevaba un vestido de color violeta, brillante y sedoso, que se deslizaba por sus curvas, dibujando con nitidez la esbelta línea de sus caderas, muslos y pantorrillas, y sobre los hombros una capa de refulgentes lentejuelas que le otorgaba al conjunto de su imagen una equilibrada y armoniosa estampa, contribuyendo, así, a disimular su peculiar característica anatómica —me pregunté cuántas personas de aquella sala estaban al corriente y deslicé una subrepticia mirada a mi alrededor, para comprobar que nadie prestaba atención al flanco izquierdo de ella.

El local se había llenado y los clientes sorbían distraídos sus bebidas alcohólicas. Solo yo adivinaba aquel levísimo abultamiento bajo la capa e interpretaba la contención en el movimiento de su brazo izquierdo.

El timbre de su voz al cantar me impresionó tanto como la primera vez que la oí hablar y, si bien no recuerdo el título de ninguna, eran canciones de amor las que conformaban su repertorio, a juzgar por la voluptuosidad que rezumaba cada suave balanceo de sus caderas, por el modo en que sus dedos se aferraban al cilindro del micrófono y por la propia expresión de su rostro. No me cupo ninguna duda de que a ella le hubiera gustado llevar un vestido que resaltase el contorno de su cintura y su pecho: aquella capa, por muchas lentejuelas que llevara, me recordaba los hábitos de una monja.

En cierto momento, noté que el tono de su voz se enardecía, sus ojos se entrecerraban, sus hombros se estremecían, el blanco de su cuello se hacía más visible y su garganta temblaba. Con actitud protectora, acercaba el brazo izquierdo al pecho, en una acción con la que parecía tratar de guarecer su corazón de las vibraciones procedentes de sus cuerdas vocales.

Desde luego, el corazón seguía latiéndole bajo el refugio de la capa mientras mi pensamiento divagaba y me preguntaba qué se sentiría al estrecharla entre los brazos y amarla como hacen los amantes, sin dejar resquicios de piel entre cuerpo y cuerpo, ahogado el aliento en el prójimo y colisionándose los huesos sin reparar en dolor alguno...

¿No quedaría su corazón aplastado en el transcurso del amatorio evento? ¿No serían lanzados borbotones de fluido y mucosa ni se desparramarían grumosos pedazos de carne sobre su pecho? ¿No se desgarrarían sus membranas y rasgarían sus vasos sanguíneos lanzando chorros de sangre? Pese a lo atroz de la escena dibujada en mi mente, se me antojaba hermosa.

La canción que entonaba en ese momento tocó a su fin, y arrancó el aplauso del público. Llevado por el ambiente, yo también aplaudí. Se inclinó hacia delante en agradecida reverencia y me preocupó la posibilidad de que perdiera el equilibrio. No fue así, y enseguida dio comienzo a la siguiente canción.

La espuma de mi cerveza había desaparecido y el dorado líquido parecía haber perdido su temple. Tomé en mis manos unos cacahuetes y traté de pelarlos sin éxito. Mis dedos, exhaustos tal vez tras una intensa jornada de trabajo, se veían sin fuerza para quebrar siquiera una cáscara. ¿O acaso era el recuerdo del tacto de su corazón lo que los había paralizado? Los cacahuetes resbalaron entre mis dedos y fueron a parar al suelo, junto a mis pies.

Por fin, llegó el día en que por vez primera el corazón de ella reposaría en el interior de mi obra. Una alta temperatura y un cielo completamente despejado daban la bienvenida al señalado acontecimiento, al que ella, no obstante, se presentó enfundada en su grueso abrigo.

A pesar de que mantuve las cortinas cerradas, la fuerza del sol convirtió mi apartamento en una auténtica sauna. Un firmamento de gotitas de sudor cubría el pecho de la mujer. Era posiblemente el sofoco que experimentaba en ese momento lo que le otorgaba una blancura aún más nívea a la piel de su cuello.

—Por favor, avíseme ante el más mínimo dolor —le rogué.

Ella asintió en silencio con la cabeza.

En su estadio de producción final, el bolso había acabado adquiriendo una forma algo excéntrica y un tanto indescriptible, aunque perfectamente ajustada a las complicadas circunvalaciones de vasos sanguíneos y masa muscular del órgano para el que había sido concebido. Sus nueve finas capas de cuero superpuestas, su asimetría, sus siete orificios de diversos diámetros, su angosto y ovalado fondo, el broche lateral que lo cerraba sin nada que se asemejara a una tapa y las largas correas que le pasaba alrededor del cuello para sujetarlo (que, de hecho, si se le enganchaban por descuido, podrían estrangularla) configuraban un extraño y pintoresco conjunto: tenía el aspecto de una obra de arte vanguardista.

Solté un broche y procedí a introducir el corazón. Antes de tocarlo, experimenté un flujo de calor en mis dedos. Acechaba yo el momento oportuno de relajación muscular, entre pálpito y pálpito, mientras la mano en que sostenía el bolso comenzaba a cubrírseme de sudor y un leve mareo iba apoderándose de mí.

—¡Vamos! ¡Dese prisa! —protestó, iracunda.

—Sí, sí. Le ruego que me disculpe.

Con la mayor premura, lo introduje y cerré el broche. No acerté a medir el momento justo tal y como yo deseaba, pero el corazón se acomodó perfectamente en el interior.

—¿Le ajusto las correas?

—Sí, por favor.

Mantenía los brazos caídos y no hizo ademán alguno de mirar el bolso. Deslicé mis manos por su cabeza y le abroché una correa detrás del cuello. Al apartarle el pelo capté un vaporoso olor a sudor.

Retrocedí unos pasos mientras me frotaba la palma de las manos en la ropa de trabajo y respiré hondo.

El resultado me pareció de lo más equilibrado. La curvatura con que el bolso se adaptaba a la forma del pecho, la armonía del lustre del cuero y el tono de su piel, el rítmico flujo sanguíneo y la onda que recorría la superficie con cada latido, la correa acomodada al cuello..., todo ello confería a mi obra una imagen insólita de unidad y perfección.

Situé ante ella el gran espejo vertical. Su blusa y su combinación reposaban sobre el sofá y el eco de la megafonía de una estación de tren se oyó a lo lejos.

—El orificio de la más fina de las dos arterias pulmonares me tira un poco, está demasiado alto —señaló ella mientras accionaba los brazos en distintos sentidos y subía y bajaba los hombros—. ¿Cree que podría ajustarlo?

—Por supuesto. Todavía no es más que un prototipo.

El caso es que el bolso respondía a cada uno de los movimientos de ella, adaptándose sumiso a estos, sin tensiones ni tirones, como si se tratara de un fiel guardián que hubiera custodiado su corazón desde su nacimiento.

—Es muy cómodo y ligero. Solamente el broche me roza levemente a un lado. No le ocasionaría demasiado trastorno cambiarlo de lugar, ¿verdad?

—Ninguno. Puedo desplazarlo a una posición más frontal.

—Sí, por favor.

Yo no levantaba la vista de mi creación mientras hablaba con ella, que no estaba convencida del todo y tiraba de las correas tratando de aflojarlas, daba cortos saltitos o fingía sujetar un micrófono.

—¿Y eso de ahí qué es? —preguntó de pronto, apuntando hacia una pequeña bolsa de cuero situada en un estante junto al lavabo.

—Ah, es de mi hámster —contesté mientras le servía otro té.

—No me diga... Pero ¿para qué necesita un hámster una bolsa así?

Había vuelto a ponerse la blusa. Yo dejé cuidadosamente el bolso sobre la mesa.

—En ella llevo a mi hámster cuando lo saco de casa

para dar un paseo —expliqué y añadí a modo de apostilla—: Se porta muy bien.

—¿Lo ha confeccionado usted mismo?

—Así es.

—Vaya, qué maravilla —dijo, mirándolo con admiración.

Sin embargo, aquella era una obra infinitamente más sencilla que la que me mantenía ocupado aquellos días para el corazón de la mujer. No pasaba de ser más que un bolso tipo bandolera al que le había abierto unos orificios para evitar que el animal se asfixiara cuando cerraba la cremallera.

—La verdad es que me sorprende la cantidad de modelos de bolso que hay en función del uso que se le desee dar y lo que se quiera transportar en ellos —comentó.

—Es cierto.

Sorbí té y reparé una vez más en la fuerza de la luz del sol que la cortina a duras penas bloqueaba.

Por fin, iba logrando otorgarle su acabado definitivo al bolso del corazón de la mujer, con un suave color crema bien equilibrado con el de su propia piel, y todos los cortes, costuras y puntadas en su lugar preciso, sin desviarse un solo milímetro de donde debía corresponderles. Pasaba yo los días consagrado a la tarea, devoto a la mesa de trabajo.

Coloqué en la puerta de la tienda un cartel que rezaba: «En estos momentos me encuentro ausente. Disculpen las molestias». No deseaba recibir ningún otro encargo hasta haber terminado el que me ocupaba entonces. Hube incluso de rechazar la solicitud de arreglo de una caja de cosméticos que había confeccionado cinco años antes para una de mis más fieles clientas.

—Me encuentro en cama, enfermo —fue la excusa que, para mi propia sorpresa, esgrimí sin que me temblara la voz ni el pulso.

Nada, ni el nerviosismo en tales casos ni la arrebatada exaltación que me producía la visión y el recuerdo del corazón de la mujer, condicionaba la firmeza y seguridad con que siempre afrontaba mi trabajo: fiel a mí, me acompañaba mi propia convicción, demostrada a lo largo y ancho de mi carrera, de ser un artesano único, capaz de elaborar bolsos y maletas de una calidad estética y técnica inigualable.

Entretanto, mi hámster murió. Me pregunté si la causa serían las altas temperaturas que habían convertido el apartamento en un horno, o mi acérrima obcecación en el trabajo, que podía tal vez haberme llevado a descuidar las atenciones que requería el pequeño animal, aunque, bien pensado, no creo que fuera esto último, puesto que no olvidé servirle sus habituales verduras frescas ni dejé pasar un solo día sin limpiarle la jaula. No obstante, murió. Había compartido conmigo tres años y ocho meses de vida.

Su cuerpecito reposó inerte sobre la palma de mi mano cuando lo tomé para introducirlo en el bolso bandolera. La boca entreabierta permitía atisbar sus incisivos, en tanto que sus ojillos permanecían fijos, congelados en un punto lejano del espacio, y su pelaje, todavía liso y suave, transmitía un tacto frío.

Bandolera en mano, salí de casa decidido a abandonar el cuerpecillo del pobre animal en algún lugar y acabé deambulando por calles y avenidas sin rumbo ni destino precisos. Recorrí el paseo de la ribera del río, atravesé el parque y rodeé la laguna, pero no me decidí a dejarlo en ninguno de aquellos parajes. En alguna ocasión abrí la cremallera de la bandolera, esperando que todo hubiera sido un error, considerando la posibilidad de encontrarlo despierto y moviendo sus patas. Por supuesto, era un vano anhelo: el hámster permanecía tan inmóvil y muerto como cuando lo metí en el bolso.

Cansado de caminar y arrastrado por cierta inercia, me adentré en un local donde servían hamburguesas. Apenas probé bocado y dejé a medio acabar una de ellas y las patatas fritas. Apuré, sin embargo, el café hasta la última gota, pese a lo malo que era.

No me pregunten por qué, pero finalmente me decanté por dar reposo al hámster junto a los desperdicios de mi bandeja de comida, en el contenedor de basura. Lo hice con agilidad, sacándolo de la bandolera y ocultándolo en la bandeja, sin que nadie llegara a reparar en mi maniobra. Al menos, eso creo.

Supongo que el pobre acabaría embadurnado de salsa de tomate.

—¿Sí? ¿Qué se le ofrece? —pregunté, casi como un acto reflejo.

—No necesito el bolso —contestó. Extrajo un cigarrillo de su bolso y se lo llevó a los labios. Lo encendió.

—Bueno... Estoy dándole los toques finales —expliqué—. Será cuestión de un par de días, tres a lo sumo...

—Soy consciente del trastorno que supone para usted la cancelación del encargo a estas alturas. —La mujer dio una larga calada al cigarrillo y exhaló el humo con lentitud—. Yo misma me siento algo desconcertada.

Seguí con la mirada la dirección de la columna de humo, sin que se me ocurriera ninguna réplica.

—Tiempo atrás —prosiguió ella—, consideré la posibilidad de someterme a una intervención quirúrgica, pero, advertida del riesgo que conllevaba, nunca me había decidido a dar el paso. Pero las cosas han cambiado desde que fui a un nuevo hospital. Su jefe de cirugía cardiovascular merece toda mi confianza y me han asegurado que disponen de la tecnología más avanzada para este tipo de operaciones. Por lo visto, se trata de una innovación reciente.

Desde luego, a mí todo eso me sonaba a palabras

que se lleva el viento. Lo único que de verdad importaba era el magnífico bolso que estaba a punto de terminar y que debía albergar su corazón.

—La próxima semana me ingresan. Me operarán enseguida y mi corazón ocupará el lugar donde siempre habría debido estar.

La mujer miró de soslayo el bulto de su costado izquierdo. Fue una mirada tan breve como llena de desprecio.

—Permítame que le recuerde —intervine— que se trata de un bolso magnífico, excepcional. Mire, sujételo, por favor. ¿Ve? El orificio por donde transita la arteria pulmonar, la más fina de ambas, ocupa ahora el lugar adecuado. Y observe el broche: es más pequeño que el anterior y está perfectamente situado. Estoy convencido de que no tendrá ninguna queja al respecto.

Abrí el bolso ante ella para mostrárselo.

—Solo queda asegurar esta zona de aquí con unas puntadas y ajustar la nueva posición de la correa —añadí—. Y, una vez hecho eso, ya lo tiene usted listo para su uso.

—Voy a pagarle el importe íntegro del bolso. Por eso no se preocupe. Pero ¿qué utilidad le voy a dar después de la operación? Comprenderá usted que ninguna.

—Contemple la espléndida belleza de su acabado; recréese en la delicada línea de su contorno. Un producto artesanal de la calidad del que aquí ve no va a encontrarlo en ningún otro sitio. Se lo garantizo. Fíjese en esta textura, mire qué calidez y transpiración. ¿Y qué me dice del diseño? Perfecto, ¿ve? ¿Y del material con que está confeccionado? Inmejorable.

—Está usted poniéndose un poco cargante. Perdone que se lo diga así de claro.

La mujer se puso en pie y apartó el bolso violentamente con su mano, que cayó al suelo y quedó tendido tan inerte como el hámster muerto.

—¡Doctor Y de neumología! —repetía incansable la megafonía del hospital—. ¡Doctor Y de neumología! Póngase en contacto con el servicio de urgencias.

¿Dónde se habría metido el tal doctor Y? No me incumbía. Entré en el ascensor que me indicó la chica del mostrador de información y pulsé el botón de la séptima planta.

El ascensor inició la marcha ascendente abarrotado de ocupantes: médicos, enfermeras, pacientes que arrastraban consigo bolsas de suero... Nadie habló durante el trayecto.

No me costaría demasiado trabajo dar con la habitación de ella y, a modo de excusa, podría argüir que me había acercado a visitarla o a solicitarle el pago del bolso (cosa que no debía sorprenderla, puesto que ella misma había admitido que tenía todo el derecho).

—Le pido que me disculpe por lo inapropiado de mi comportamiento el otro día —dije con gran formalidad para ganarme su confianza—. Lo cierto es que todo el proceso de elaboración de este bolso ha supuesto para mí una experiencia emocional sumamente intensa, y tengo la triste convicción de que nunca más va a presentárseme una oportunidad como la que usted me ha ofrecido para realizar una obra con unas características tan especiales. Ni que decir tiene que me alegro muchísimo por las posibilidades que la cirugía actual le ofrece y respaldo su decisión de someterse a una intervención. Pero le ruego que comprenda el dolor que me produce el hecho de que el bolso no vaya a cumplir nunca su función y, por ello, le solicito con toda humildad que me permita probarlo una sola vez, ahora que está completamente acabado.

La mujer retiró la sábana y dejó al descubierto su pecho, permitiéndome tomar su corazón e instalarlo en el interior del bolso. Su palpitar en el interior del bolso me dejó sin palabras, sin respiración.

—Creo que ya es suficiente —apremió ella.

—Muchas gracias —repliqué mientras fingía disponerme a abrir el bolso, pero concentrando mi atención en unas tijeras que había guardado en uno de mis bolsillos. Las agarré y, en un abrir y cerrar de ojos, le rebané los vasos sanguíneos que unían el corazón a su cuerpo y abandoné la habitación, rumbo al ascensor, con el bolso semioculto en el bolsillo izquierdo y las tijeras en el derecho, punzándome la piel del muslo.

Era mío.

La campanilla del ascensor sonó y se iluminó la luz correspondiente al séptimo piso. Se abrieron las puertas.

Bienvenidos al museo de la tortura

Aquel día en concreto se produjo una larga lista de accidentes mortales. A título ilustrativo, mencionaré el accidente sufrido por un autocar de turistas que se despeñó por un acantilado al norte del país, ocasionando la muerte a veintisiete personas y dejando en estado crítico a otras seis. No fue el único suceso letal. También ese mismo día, los tres miembros de una familia acuciada por las deudas acabaron con sus vidas mediante la inhalación de gas propano. Por desgracia, la explosión que se produjo con posterioridad a dicha tragedia causó la muerte a seis inquilinos de las viviendas colindantes. En algún otro lugar, un vehículo pesado se daba a la fuga tras atropellar mortalmente a un anciano de ochenta y seis años, y, en otro, la caída de un niño de preescolar a un canal de riego se saldó con las más trágicas consecuencias. Mar adentro, volcó un bote pesquero, mientras que, en las altas cumbres, unos montañeros quedaron atrapados bajo un alud de nieve. Inundaciones en China, un accidente aéreo en Nepal, un suicidio colectivo en el seno de una secta nigeriana, etcétera.

Y el alcance de aquella serie de calamidades no se limitaba al género humano. Aquella misma mañana, descubrí un roedor inerte entre los desechos del contenedor de basura de una hamburguesería. Sorbía yo un café cuando mis ojos, atraídos por el rebosante contenido de desperdicios que la tapa entreabierta dejaba a la vista, repararon en aquella imagen indescifrable al principio, que fue desvelándoseme pronto como la de un hámster.

Flanqueado por un vaso de cartón y un envoltorio arrugado, su rabito apuntaba tieso hacia arriba mientras un rosa pálido teñía sus diminutas garras como una fina capa de sangre que las recorriera, y suaves manchas blancas se extendían sobre el pelaje siena tostado de su lomo, al tiempo que dos ojillos negros e inmóviles se clavaban en mí, haciéndome caer en la fugaz ilusión de que cobraban vida.

Levanté la tapa y el aire se llenó de olor a salsa de tomate, pepinillos en vinagre y café. Una miríada de blandos gusanos serpenteaba y se retorcía en el vientre del roedor.

Ayer habría estado vivo, pero hoy yacía tan inerte como todos aquellos que llenaban las noticias. Me pregunté si acaso se habrían puesto todos de acuerdo.

Sin ir más lejos, en el piso justo encima del mío, murió asesinado un hombre. Al parecer, era médico residente en un hospital universitario y su asesino le propinó diez puñaladas en el cuello hasta casi seccionarle la cabeza. Murió desangrado.

—¿Lo reconoce?

Cuando el agente sacó del bolsillo de su chaqueta aquella fotografía, di un respingo antes de que me la mostrara: mi imaginación se había adelantado al espanto de ese rostro empapado en sangre proveniente de agudos cortes infligidos en el cuello, cuya horripilante visión daría al traste con mi apetito y, de paso, echaría a perder la sopa minestrone con tomate triturado que estaba preparando para la cena justo cuando sonó el timbre de la puerta y que me disponía a degustar unos minutos después.

—Cálmese, por favor —rogó, en un tono considerado, el agente.

No era para tanto. La foto debía de haber sido tomada en un laboratorio de hospital, o en un lugar semejante, y mostraba al hombre aún vivo, el rostro limpio, sin mancha alguna de sangre y con la cabeza bien insertada en el cuello.

—No, no lo he visto nunca —respondí después de observar la imagen durante unos segundos.

—¿Conoce a la inquilina del apartamento 508? ¿Puede decirnos algo de ella? —inquirió el agente. Era un hombre muy joven, de rostro y complexión bien proporcionados, y tan visiblemente alterado que se diría que él mismo había sido el autor del crimen—. Si lo he entendido bien, se trata de la vivienda justo encima de la suya.

Poca duda cabía de que, pocos minutos antes, se habría encontrado en pie ante el cadáver tendido de la desdichada víctima, cuyo hedor habría tenido que soportar mientras llevaba a cabo el examen pertinente. Tan turbado debía de sentirse ante mi presencia que la mirada de sus huidizos ojos se deslizaba constantemente hacia la libreta de notas que sujetaba con incomodidad y torpeza.

—Aparte de los habituales saludos cuando coincidimos en el ascensor, no he tenido ningún trato con ella ni conozco detalle alguno de su vida.

—¿Estaba usted al corriente de las frecuentes visitas de la víctima al apartamento 508?

—Según tengo entendido, ella mantenía una relación con alguien, pero no podría asegurarle que fuera el hombre de la foto.

Volví a echar un vistazo a la fotografía. Llevaba un estetoscopio al cuello y una bata blanca de cuyo bolsillo delantero asomaban una pluma, unas tijeras y una linterna bolígrafo de exploración médica. Trataba de sonreír forzadamente, pero no había conseguido más que fruncir la comisura de los labios.

—¿Oyó usted algún ruido sospechoso anteayer sobre las once de la noche? —El exceso de prudencia puesto en cada sílaba hizo que la lengua se le trabase en más de una ocasión antes de terminar de formular la pregunta.

—Sí, oí algo.

—¿Qué tipo de ruido? —Por primera vez me miró de frente y comprendí que ansiaba mi respuesta.

—Un ruido muy intenso, como si estuvieran arrastrando un mueble muy pesado. Pensé que estarían cambiando la disposición de los muebles y no le presté mucha atención.

—¿Recuerda a qué hora fue?

—Me disponía a acostarme y estaba cepillándome los dientes, así que serían poco más de las once.

—¿Durante cuánto tiempo se prolongó dicho ruido?

—Se repitió solamente dos o tres veces y fue muy breve. Enseguida lo olvidé.

—¿No oyó algún grito o voces provenientes de una discusión?

—No.

El detective aguzaba el oído para no perderse una sola de mis palabras, que anotaba en su libreta como si fueran lo más valioso del mundo. Me sentí la persona más importante de su vida, pese a habernos visto entonces por primera vez.

—Ayer se cometió otro asesinato en el hospital universitario donde trabajaba el médico fallecido —anunció el agente—. La víctima estaba ingresada cuando se produjeron los hechos y nos preguntamos si ambos crímenes están relacionados.

Me mostró una segunda foto, esta vez de una mujer flaca de unos treinta años, pómulos prominentes y las puntas del cabello muy estropeadas por el tinte —trabajo en una peluquería de señoras y no puedo evitar fijarme en ese tipo de detalles—. Para completar la información, al agente le pareció pertinente añadir que se ganaba la vida como cantante en locales de ocio.

—Le abrieron una cavidad a la altura del pecho izquierdo —precisó, para más inri.

—Es horrible. A uno el cuello y a la otra el pecho.

—Así es.

A mis oídos llegó el burbujeo de la sopa minestrone procedente de la cocina y reparé en las manchas de salsa de tomate que salpicaban mi delantal.

—Su rostro no me resulta familiar en absoluto.

—Vaya... —replicó el agente en tono apesadumbrado.

Experimenté cierta aflicción ante la idea de que mi sucesión de respuestas anodinas hubiera podido defraudar las expectativas del agente.

—Por favor, no deje de avisarme si se le ocurre alguna otra cosa, por irrelevante que le parezca.

Por supuesto. Nada deseaba yo más que serle de ayuda de un modo u otro. Traté de dar con alguna expresión que no solo lo tranquilizase, sino también lo encandilase, pero tras darle varias vueltas a la cabeza sin éxito, renuncié a ello. Él insistió:

—Si recuerda algo, no dude en llamarme a cualquier hora.

Mis palabras de réplica se limitaron a un insulso enunciado:

—Descuide. Lo haré.

Mi novio se presentó en casa a la hora acordada. Nuestras respectivas ocupaciones nos habían mantenido separados durante tres semanas y nos disponíamos, por fin, a pasar un día de asueto juntos.

Aparte de ver una película en casa esa misma noche y cenar con el sosiego que correspondía a la ocasión, se me pasaron por la cabeza varios planes para el día siguiente: recorrer librerías y tiendas de discos en busca de algún artículo interesante, dar un paseo por el parque o cortarle el pelo en el balcón de casa, idea que a él siempre le producía un desmesurado recelo, habida cuenta de la atención que despertaba en los curiosos viandantes.

Lo aguardaban las gambas, perfectamente aderezadas y que solo tenía que pasar brevemente por la parrilla eléctrica, la ensalada recién preparada y las copas de vino de cristal impoluto. Incluso la sopa minestrone, que había mantenido su maravilloso sabor pese al tiempo excesivo de cocción. Y también una porción de tarta de fresas con nata —postre que le chiflaba—, adquirida en una pastelería de la plaza. El mantel era nuevo, y las servilletas también; incluso los salvamanteles bajo cada pieza de vajilla. Todo ello lo esperaba, listo para él.

—Qué ganas tenía de verte —me susurró al oído al llegar, sosteniéndome entre sus brazos, con un hilo de voz que se filtró entre mis cabellos y se me antojó una ensoñación. Deseé pedirle que me lo repitiera, para escucharlo con mayor claridad, pero no lo hice; me contuve, temerosa de que hubieran sido imaginaciones mías y él hubiera dicho algo distinto.

Se quitó la chaqueta y husmeó el aroma procedente de la cocina. Se echó el flequillo hacia atrás. Volví a fijarme en que lo tenía demasiado largo. Disfrutamos de un largo momento de silenciosas caricias, tendidos sobre el sofá, abrazados, saboreando el fin de la larga espera de tres semanas.

Del piso de arriba llegaba un tenue rumor de personas —tal vez la policía seguía merodeando por allí— y del exterior una mayor agitación de lo habitual, carentes en cualquier caso de la intensidad suficiente como para enturbiar la paz que envolvía nuestro reposo sobre el sofá.

Mientras su mano derecha descansaba sobre mis rodillas —sus dedos entrelazados con los míos—, su brazo izquierdo rodeaba mis hombros, y yo hundía el rostro en su pecho, dejándome arrullar por los latidos de su corazón, sintiendo la calidez de su aliento cosquilleándome la nuca.

Sumergida entre sus brazos, yo me preguntaba por la postura, tal vez torpe y cómica, que adoptaba mi cuerpo, acoplado al hueco que él me proporcionaba, con mis piernas dobladas en intrincada estrechez y los hombros encogidos hasta casi dislocárseme, como una momia embutida en su sarcófago de piedra. No solo no me importaba quedar eternamente atrapada entre sus brazos, sino que incluso lo deseaba.

Fui yo, sin embargo, quien en aquella ocasión tuvo la iniciativa de romper el hechizo del momento, apartando mi cuerpo del suyo.

—¿Sabes? Ha habido un asesinato en el piso de arriba —le dije, con irreprimibles ganas de sacar el asunto, sedienta tal vez de la indudable dosis de excitación que un suceso así le aportaba a mi vida gris y carente de emociones.

—Ah, sí. He visto un coche de policía abajo —replicó él sin soltarme la mano.

—Es increíble. Esto se ha llenado de policías, de fisgones y de periodistas. Han venido incluso aquí, a interrogarme. ¡Qué nervios! Nunca había estado cara a cara con un agente de homicidios. ¿Tú sí?

Negó con la cabeza.

—Me ha dado buena impresión —proseguí—. Tenía pinta de ser nuevo en el trabajo, ¿sabes?, pero me ha tratado con una amabilidad impecable. El caso es que anoche oí un ruido bastante extraño, contundente y pesado, relacionado quizás con el crimen. ¡No te imaginas el interés que mostró el agente en cuanto se lo dije! En su momento, no le presté mucha atención, pero al recrearlo en mi memoria, resuena con un eco de cierto misterio. Sin ser consciente de ello, miré el reloj y vi que eran las once y diez minutos; un dato importante para la resolución del caso, ¿no crees? En general, suele serlo.

Esa vez, realizó un movimiento vertical de aprobación con la cabeza.

—Su joven amante le asestó varias puñaladas en el cuello al infeliz y después lo decapitó. Terrorífico, ¿verdad? Parece que quedarse a medias tintas no era lo suyo. Le clavó el cuchillo a conciencia. Se ve que el frenesí pasional arrastra a algunas personas a semejante brutalidad, pero me pregunto qué le llevó a ensañarse con el cuello. Me refiero a que normalmente los acuchillamientos son en el pecho o el estómago, ¿no te parece? Hay otro hecho sorprendente. Aquel mismo día, una paciente ingresada en el hospital donde trabajaba el médico residente fue asesinada poco antes de que se le practicara una intervención quirúrgica de corazón. Alguien le clavó unas tijeras en el pecho. Me pregunto si ambos casos están relacionados, y si no se esconde tras ellos un móvil mucho más complejo que el del despecho y los celos. Ah, también se presentó aquí una reportera del noticiario semanal de la televisión, ya sabes, ese que tiene tanta audiencia. Qué nerviosa me puse al verme de pronto ante una cámara. Era esa reportera que habla tan rápido y lleva tanto maquillaje; supongo que sabes de quién te hablo, ¿no? Por lo visto, la asesina nunca ha tenido mucha relación con los vecinos y la reportera se resignaba ya a irse con las manos vacías, así que me esforcé en ofrecer un relato fehaciente de los hechos de que tenía yo conocimiento. Le dije que mi vecina es guapa y viste con buen gusto y a la moda, y que recicla la basura adecuadamente. El único contacto que he tenido con ella es algún esporádico saludo en el ascensor. Pues bien, pese a lo escaso de la información, la reportera se mostró muy agradecida conmigo y me garantizó que mi rostro no aparecería en pantalla, ya que le dije que no quería verme involucrada en un asunto tan tenebroso. ¡La emisión es mañana! ¡Dejemos el vídeo preparado para grabarlo! Ay, pero no estoy segura de tener alguna cinta sin usar en casa. Luego iremos a comprar una, ¿de acuerdo? ¿Te imaginas que la información aportada por mí acabase siendo vital para la resolución del crimen? Podría ser, ¿no?

Sus dedos, finalmente, se desasieron de los míos. Yo había hablado sin hacer una pausa y trataba de recuperar el aliento.

Aquella serenidad que nos había envuelto poco antes se había desvanecido y dado paso a un silencio incómodo, y mi atención derivó hacia la modosa quietud de las copas de vino sobre la mesa, que contrastaba con el agitado burbujeo de la olla sobre el hornillo. Los ruidos procedentes del apartamento 508 también habían desaparecido.

—Ha muerto una persona y tú... pareces disfrutar de lo lindo —cambió de tercio él.

—¡Ah! Me olvidaba del café. Espera, voy a prepararlo.

Me incorporé fingiendo no haberlo oído. Saqué dos tazas del armario y las golpeé adrede con la puerta para armar algo de ruido: no me habría importado levantar un gran estruendo con tal de disipar el denso silencio que se había abierto paso entre nosotros. Evidentemente, no lo logré.

—En serio, ¿tan divertido te parece que haya muerto una persona? —reiteró, empleando el mismo tono de voz.

—¿Qué dices? —repliqué entonces—. ¿Qué tiene de divertido? Yo solamente...

No me dio tiempo a explicarme. Cogió su chaqueta, abrió la puerta y salió de casa sin despedirse. Cerró de un portazo.

Me quedé sola. Como si él nunca hubiera venido...

¿Cuánto tiempo permanecí inmóvil, absorta en mi propio vacío? El agua para el café había hervido, pero ya no necesitaba café, así que devolví las tazas al armario.

Salí de casa, aunque no lo hice con la intención de darle alcance. Y, aunque ese hubiera sido mi propósito, seguro que él ya habría puesto un buen trecho entre ambos.

Me pregunté si acaso yo había incurrido en tan grave error como para espantarlo, y, haciendo autocrítica, admití cierto grado de arrebato debido a lo inusual del acontecimiento, pero no pretendía para nada banalizar el infortunio de la víctima. Simplemente, traté de ser de la mayor utilidad posible al agente y a la periodista, ¿no lo entiendes? Mi vehemencia no ha obedecido tanto al desgraciado incidente como a la incontenible emoción de verte de nuevo tras varias semanas.

Traté de ignorar la frustración que me producía su ausencia y, por tanto, la carencia de réplica por su parte, y continué repitiéndome a mí misma lo que deseaba decirle a él.

La indolencia de un hombre que dormitaba sobre un banco y el sosiego de varios estudiantes que pasaban la tarde leyendo sobre las escaleras, al pie de la torre del reloj, acentuaban la calma que la plaza mostraba en días laborales como aquel, carentes por completo del colorido del tenderete de los helados y del puesto de globos que animaba los días festivos. También estaba desierta la pastelería adonde había acudido yo esa misma mañana para comprar la tarta de fresas con nata con que había deseado obsequiarlo a él. De vez en cuando, un grupo de palomas echaba a volar dejando tras de sí un fugaz remolino de aire.

A las cuatro en punto, la portezuela de la torre se abrió y una comitiva formada por soldados, gallos y esqueletos inició su marcha ante el deleite de cuatro o cinco turistas que se apremiaron a sacar sus cámaras fotográficas.

Era un espectáculo que yo había contemplado hasta la saciedad, puesto que aquel no solo era el lugar habitual de nuestras citas, sino que también era yo quien solía esperarlo a él. Luego hicieron acto de presencia los ángeles, agitando sus doradas alas. El ala izquierda del segundo de ellos se movía vacilante, a punto de desprenderse; las mandíbulas de los esqueletos se abrían y cerraban con rigidez, tal vez debido a la falta de lubricante, y la pintura de la cresta de los gallos estaba medio descascarillada. No me hacía falta verlo para saberlo. Conocía de memoria todos los detalles de la comitiva.

Tras la última campanada ejecutada por uno de los esqueletos, el último de los ángeles desapareció bajo el umbral y la puerta se cerró. Los turistas guardaron sus cámaras y se alejaron.

Dejé atrás la torre y rodeé el ayuntamiento para internarme por las callejuelas traseras. Comprobé que las tiendas de *souvenirs* estaban casi todas cerradas y me acordé, de pronto, de aquella amiga a la que su novio dejó tras recriminarle (él a ella) el mal gusto de su abrigo. Por lo visto, el energúmeno le dijo: «Cuando miro tu abrigo, me entran ganas de vomitar», ante el elegante gabán de cachemir que tan bien sabía llevar ella.

Evidentemente, mi amiga no se lo tomó muy bien y destrozó la prenda con unas tijeras, arrojó los restos a la incineradora y los quemó. La rabia descargada contra el abrigo no pareció tener efecto alguno sobre el novio de ella, que nunca trató de recuperar la relación.

Me acordé del caso de otra amiga cuyo noviazgo se echó a perder por unas simples gotas de lágrimas artificiales. «Fue instantáneo. Tiré levemente del párpado inferior con los dedos de la mano izquierda mientras que con los de la derecha sostenía el frasco y lo apretaba suavemente hasta dejar caer una gota. ¿No es una acción de lo más normal? Pues, ya ves, le bastó eso para...», reiteraba ella sin descanso y llena de rabia.

Así que a veces bastaba un abrigo o unas gotas de lágrimas artificiales para que a una la dejara el novio...

Yo deseaba que cada hombre con que me cruzaba en la acera fuera él, lo cual acabó produciéndome una sensación de hastío que me llevó a adentrarme por calles más estrechas y menos transitadas. Pasé por delante de una biblioteca, una tintorería y una peluquería de señoras cerrada por cese de negocio, y atravesé un pequeño parque con un par de columpios, un recinto de arena para los juegos de los niños y un jardín con setos de hojas rojas y césped sobre el que en aquel momento correteaba un terrier. Me giré hacia la torre del reloj, pero había quedado fuera de mi vista.

Cansada de tanto caminar, me detuve ante un caserón de piedra semioculto tras un frondoso roble, ante un pequeño jardín de flores rojas. Tras las ventanas se adivinaban suntuosas cortinas de encaje y el portón de entrada exhibía una intrincada talla decorativa.

Me acerqué y agucé el oído tratando de percibir cualquier sonido proveniente del interior, pero enseguida tuve la impresión de que el edificio estaba completamente vacío. Solo se oía el rozar de las hojas del roble entre sí al ser sacudidas por el viento.

«Museo de la tortura», rezaba un letrero situado al lado de la puerta de entrada y casi ilegible por la capa de herrumbre que lo cubría.

Lo leí en voz alta, deleitándome en la sonoridad de aquellas cuatro palabras que, por alguna razón, parecían adaptarse tan bien al estado de ánimo en que me encontraba aquella tarde:

—Museo de la tortura...

Una multitud de haces multicolor procedentes de las vidrieras bañaban el vasto vestíbulo, apenas ocupado por un paragüero con espejo acoplado, dos sillas de respaldo alto, un piano con aspecto de no haber sido tocado en mucho tiempo y una percha para sombreros, todo ello dispuesto con un exquisito criterio para el orden.

Más allá del piano, estaba la escalera hacia la primera planta, y, a mis pies, una mullida alfombra invitaba a caminar a lo largo y ancho de su superficie. Todo allí, desde un jarrón de cerámica sin flores en una mesita auxiliar, hasta una muñeca de porcelana de largos tirabuzones en una silla, o un paño de encaje cuyos hilos formaban la imagen de un cisne sobre un mueble para zapatos, era reflejo del esplendor y gusto refinado de los que regentaban la casa.

No soplaba ni una brizna de aire allí dentro, como

si todos aquellos objetos contuvieran la respiración y dieran la espalda al mundo exterior, a la agitación de las hojas del roble, de la cual eran testigos los temblorosos reflejos multicolor que se escurrían desde la vidriera para venir a bailar a mis pies.

Recorrí el vestíbulo con la mirada, buscando un mostrador de recepción. No encontré folletos informativos ni una máquina de venta automática de entradas, ni flechas que indicasen qué dirección seguir. Nada allí sugería que el edificio se usara, de hecho, como museo. Vi dos puertas cerradas, una a la izquierda y otra a la derecha.

—¿Hola? —me atreví por fin a llamar.

La verdad es que no tenía especial motivación en visitar un museo dedicado a los horrores de la tortura, pero, ya que mis pasos me habían llevado hasta allí, no iba a dar marcha atrás. Cualquier cosa era mejor que volver a mi apartamento, poseído por aquel silencio que él había dejado.

—¿Hay alguien? —insistí.

La quietud del lugar absorbió mi voz y decidí abrir la puerta izquierda. Aunque me mantuve indecisa durante unos instantes, desde el principio supe que escogería la izquierda por el simple motivo de que él es zurdo.

—Bienvenida.

Tras una reverencia, un anciano con pajarita al cuello me invitó a entrar, actuando como si estuviera avisado de mi llegada. Su presencia me pilló desprevenida y me quedé paralizada durante unos instantes.

—Adelante. No se sienta incómoda.

Llevaba el cabello blanco peinado hacia atrás, y desprendía un aroma a colonia de helecho. Un pañuelo a juego con la pajarita le asomaba del bolsillo superior de la chaqueta y unos gemelos de perla adornaban sus puños. El conjunto de su imagen era impecable.

—Perdone que haya entrado así. He llamado, pero al no obtener respuesta... ¿Qué le debo por la entrada?

Saqué la cartera, pero el anciano me detuvo.

—No cobramos entrada. ¿Desea disfrutar de una visita ordinaria o... hacer una incorporación?

—¿Una incorporación? ¿A qué se refiere? —inquirí.

—Me refiero a los instrumentos de tortura —dijo con una sonrisa en la comisura de los labios.

Negué rápidamente con la cabeza.

—Magnífico. Pues comenzaremos con la visita. Si me lo permite, yo le haré de guía.

La estancia tenía aspecto de sala de estar, con su juego de sofás, su alacena estilo francés, una mesa larga y estrecha como las de los refectorios de los monasterios, una mecedora y una estantería repleta de discos.

Junto a la pared del fondo, había una incineradora. Me pregunté si era un elemento decorativo, pero enseguida me di cuenta de que era de verdad y que incluso conservaba algo de calor y restos de ceniza, como si hubiera sido usada recientemente.

El estilo era refinado: allí debía de haber vivido una persona adinerada. Yo misma sentí el deseo de vivir en un lugar como aquel. Había, sin embargo, un detalle excepcional que lo diferenciaba de cualquier otro: repartidos aquí y allá, diversos tipos de instrumentos de tortura ocupaban distintos espacios de la sala.

Los había sobre la mesa, sobre la repisa de las ventanas, en la alacena, encima de la incineradora, bajo las sillas, tras las cortinas, en el rincón formado por los pilares y apoyados en las paredes. Mientras que los que reposaban sobre la mesa parecían dormitar apaciblemente, los exhibidos tras los cristales de la alacena brillaban ostentosos.

—¿Todo esto le pertenece a usted? —pregunté.

—No —contestó con un cierto deje que manifestaba lo descabellado de mi pregunta—. Yo me encargo de administrarlo. Adquiero los instrumentos que se exponen, después de una exhaustiva inspección para asegurarme de que no sean falsos, y hago de guía para los visitantes.

—¿Hay también falsificaciones entre este tipo de instrumentos?

—Por supuesto —replicó el anciano, asintiendo con la cabeza—. Pero no se confunda: cuando hablo de «instrumentos falsos», me refiero a aquellos a los que nunca se les llegó a dar el uso para el que fueron concebidos, aunque sean auténticos. ¿Me comprende? Mire, por ejemplo, este objeto.

El anciano señaló cuatro argollas de hierro unidas a cuatro cadenas, que colgaban de la pared y que muy bien podrían haber sido utilizadas en una actuación circense o para un número de escapismo. La herrumbre que cubría las argollas se había extendido al papel de la pared, formando una mancha.

—Se colocaban en muñecas y tobillos, y sus respectivas cadenas se amarraban a cuatro caballos que tiraban en direcciones opuestas. Este es de los más clásicos y se usó en Francia a principios del siglo XVIII. Más adelante, se sustituyeron los caballos por una maquinaria de tornos, lo cual intensificaba el tormento al poder infligir el dolor de manera más lenta y progresiva. Observe ahora estas correas de cuero y estos interesantes alicates. Servían para fijar las manos a una mesa y arrancarle las uñas a la víctima. Para facilitar su desprendimiento, a la punta de los alicates se le ha dado un acabado especialmente afilado y duro.

Me dio la impresión de que las correas conservaban algo de humedad, pero lo atribuí al modo en que la luz de la sala incidía sobre ellas. Los alicates, por su parte, mostraban una forma delicada que hacía difícil imaginar su uso para fines tan crueles.

—Verá, esta enorme casa perteneció a un rico empresario del carbón que tenía dos hijas gemelas. Ambas vivieron aquí durante toda su vida hasta que fallecieron octogenarias y nunca se casaron. De espíritu viajero, recorrieron juntas el mundo y fueron adquiriendo instrumentos de tortura hasta conformar la colección que todavía se conserva aquí.

—¿Por qué precisamente instrumentos de tortura? La gente de dinero suele coleccionar arte o joyas...

—Uno nunca llega a entender qué razones operan en el corazón de las personas, si es que hay razones. Piense en usted misma: ¿qué la ha traído exactamente a visitar nuestro museo de la tortura?

El anciano carraspeó y se llevó una mano al cuello para asegurarse de que llevaba la pajarita bien puesta. Con cada movimiento suyo, me llegaba el olor de su agua de colonia.

—Disculpe, ¿puedo preguntarle a qué se refería antes con aquello de «hacer una incorporación»? —inquirí.

—De vez en cuando recibimos las visitas de personas que traen consigo magníficos instrumentos de tortura adquiridos por ellas, con el propósito expreso de vendérnoslos. Tras los pertinentes peritaje y valoración, decidimos si se adaptan a nuestra colección y, en caso afirmativo, se los compramos para exhibirlos en el museo.

—Y, en cuanto a su criterio de instrumentos auténticos y falsos, ¿cómo distingue unos de otros?

—Primero, para averiguar de qué época es el instrumento, examino los materiales de que está hecho: hierro, madera, cobre, cuero, tela, hojalata tal vez... Nada se resiste al análisis químico. Más sencillo aún es saber si, *de facto,* llegó a dársele uso o no como instrumento de tortura. Basta un simple análisis con un reactivo a los restos de sangre.

Volví una vez más la vista hacia las argollas y los alicates, que reposaban inertes sobre el lugar que se les había otorgado en la sala, y dejé entonces volar la imaginación, figurándome que la mancha en el papel de la pared y la humedad adherida a las correas de cuero obedecían a la presencia de sangre en aquellos instrumentos.

—Si le parece bien, pasemos al siguiente —propuso el anciano.

Ninguna otra visita acudió al museo de la tortura mientras yo estuve allí. Fuimos recorriendo todas las estancias: el comedor, la cocina, la biblioteca, la sala de visitas, el cuarto de baño y el viejo despacho del dueño, todas ellas convertidas en salas de exposición, y me percaté de que cada instrumento guardaba cierta relación con la función originaria de la estancia donde se hallaba expuesto.

Lo extraño era que las sábanas que cubrían las camas de las alcobas parecían recién puestas y del horno de la cocina salía un olor dulzón a vainilla; asimismo parecía que pocos instantes antes hubiera habido alguien sentado al escritorio del despacho. Si ese había sido el caso, lo había hecho rodeado de instrumentos de tortura.

De la boca del anciano surgía sin titubeos una sucesión interminable de explicaciones acerca de todos los detalles concernientes a los objetos expuestos. No se me escapaba el deje de orgullo que recorría cada una de sus palabras, un orgullo basado en el hecho de que cada uno de los instrumentos conservados en la casa eran auténticos y, por tanto, estaban manchados de sangre.

Acompañados ambos por el sonido de las suelas de nuestros zapatos, yo permanecía atenta a sus descripciones y me dejaba guiar a través de las distintas salas. Cada vez que pasábamos junto a una ventana, la luz del sol de poniente nos presentaba y ofrecía el color verde del césped y las plantas del jardín, cada vez más oscuro, pero todavía visible.

El anciano era alto y corpulento, de ademanes ágiles, y sabía proyectar su voz con potencia. Todo ello me hizo pensar que tal vez fuera más joven de lo que yo había creído, pero al observarlo de cerca solo vi los rasgos y la piel llena de manchas de un hombre muy entrado en años, y el cuello flácido y lleno de arrugas que cubrían la cinta de la pajarita.

Me pregunté qué estaba yo haciendo allí, y también qué estaría haciendo él mientras yo estaba allí. Solo tenía eso en la cabeza. O cosas como que las gambas estarían tan empapadas en la salsa que no se podrían comer de tan amargas que habrían quedado, en tanto que el vino que había pensado enfriar en la nevera seguía metido en el armario. La tarta de fresas con nata ya no estaría buena el día siguiente. Nada de ello tenía ya remedio.

En eso pensaba mientras dirigía una mirada distraída a los instrumentos de tortura que el anciano iba señalándome.

—Mire, esta pieza la trajo un artesano fabricante de bolsos, maletas y maletines.

La mano del anciano señaló el objeto en cuestión.

—Se asemeja a un corsé, ¿verdad? —apunté.

Aquel objeto se encontraba en el interior de un armario de la sala de visitas. Lo observé con atención.

—Así es —confirmó el anciano—. Contemple su forma cilíndrica. Está confeccionado con hueso de ballena recubierto de piel de vaca. Una vez ceñido al torso, iba apretándose poco a poco hasta provocar la rotura de las costillas y el aplastamiento de los órganos internos. Estaba dedicado en exclusiva a las damas.

—¿Me permite tocarlo?

—Adelante.

—No parece un objeto antiguo. Apenas muestra deterioro alguno.

—Aguda observación. El mismo artesano que nos lo proporcionó fue quien lo elaboró. En mi análisis, encontré restos de piel humana y grasa en la cara interna del corsé, por lo que cumple con el criterio que sigo para su exhibición en nuestro museo.

Retiré la mano y, tratando de que el anciano no me viera, me la limpié en la falda.

—No se preocupe —me tranquilizó él—. La cantidad de esas sustancias es tan nimia que la mano no se le habrá manchado.

—No desearía ser la responsable de eliminar las pruebas que certifican la autenticidad de la pieza y que tan merecedora la hacen de pertenecer a su colección —repliqué.

Pensé en las muertes abruptas causadas por las cuchilladas asestadas en el piso superior y la cavidad abierta a la altura del pecho de la víctima del hospital, y consideré aún más dolorosa aquella producida por el corsé, al ir aplastando gradualmente los órganos internos y causando el más terrible dolor.

¿Habría sido detenida la asesina del piso superior? ¿Habría denunciado la tortura aquella mujer cuyos microscópicos restos de piel permanecían aún adheridos al corsé?

Me acordé del agente de policía, de sus ojos tímidos al mirarme, y de la atención con que había escuchado mis palabras. Y, entonces, me acordé de *él,* que había escapado de casa sin concederme la oportunidad de explicarme.

Los azulejos blancos del cuarto de baño proporcionaban una luminosidad pura que envolvía cada objeto, desde la pastilla de jabón sin usar y las toallas pulcramente dobladas, hasta el juego de afeitado y los frascos de cosméticos ordenados metódicamente.

—Fíjese en esta excepcional pieza procedente de Yemen del Sur.

Su voz reverberó altiva y contundente contra las paredes.

—Es... un embudo, ¿verdad? —aprecié.

—Sí. En principio, comparte con un embudo su forma y posible función, pero está diseñado para dejar caer una sola gota de agua fría sobre la frente de la desdichada víctima, tras ser inmovilizada boca arriba.

—Pero ¿en qué consiste exactamente el tormento?

—Es uno de los más crueles que pueda usted imaginarse.

El anciano lo tomó en sus manos, que se acoplaron a la perfección. Los tonos plateados de la alúmina que recubría la superficie del embudo se complementaban con los del cabello blanco del hombre.

—Recuerde que un dolor brusco pero breve no se corresponde con lo que entendemos por tormento y tortura: lo más importante en un instrumento de este tipo es su capacidad para actuar de manera gradual. Tiene que dar la sensación de que el dolor no concluirá en ningún momento. La caída de una gota tras otra sobre la frente, como el avance de la aguja de un reloj que marca cada segundo, puede parecer algo inofensivo, pero las apariencias engañan. Al principio, uno tal vez se crea capaz de ignorarlas, pero la caída interminable de gotas sobre la piel se vuelve obsesiva y acaba resultando imposible desviar la atención de su incesante golpeteo. Sobre todo, después de cinco horas, de diez horas. Los nervios terminan inflamados por la repetición hasta no poder soportarlo más y, entonces, se desencadena una reacción total en la que todos los nervios del cuerpo parecen agruparse en aquel mismo punto de la frente. Y, así, uno mismo acaba creyendo que una finísima aguja va adentrándose milímetro a milímetro. Insomnio, inapetencia, pérdida del habla; todo se concentra en la repetitiva caída de las gotas y aquello se convierte en un tormento que supera los límites del simple dolor. La locura invade al sujeto al cabo de veinticuatro horas.

El anciano devolvió el embudo a su sitio.

¿Cómo era su frente? La de *él*. Normalmente, la llevaba cubierta por el flequillo, pero yo misma debía de habérsela visto en numerosas ocasiones; al salir de la ducha, por ejemplo, o al levantarse el flequillo con la mano o al hacer el amor.

Imaginé su tersa y magnífica frente expuesta al goteo húmedo, e imaginé la interminable sucesión de gélidas gotas, que le dejarían la piel entumecida e irían deslizándosele por las sienes hasta desaparecer entre su cabello, absorbidas por este, como si fueran lágrimas fruto de su llanto. Apenas se hubiera mezclado una con su pelo, ya asomaría otra por el orificio del embudo, dispuesta a caer.

Inmóvil como una roca, mantendría los ojos cerrados y frunciría los labios. La frente le brillaría tanto que sentiría tentaciones de besársela. Pero no lo haría para no echar a perder el efecto de la tortura, que consistía precisamente en la inexistencia de cualquier estímulo táctil aparte del de la caída de las gotas.

—Pasemos a la siguiente, orgullo mayor y pieza única de nuestra colección —indicó el anciano.

Las pinzas que procedió entonces a extraer del armario del cuarto de baño se me antojaron de lo más vulgar. El acero del que estaban hechas parecía más sólido de lo habitual, eso sí, y las dos puntas se ajustaban perfectamente al cerrarse. Debía de habérseles dado un uso frecuente, a juzgar por el tono ennegrecido de la zona por donde las sujetaban los dedos.

—En cuanto al grado de tormento procurado, este instrumento está a la par con el embudo, aunque es menos refinado, si me permite la apreciación. Verá, su utilidad estriba en ir arrancando cada cabello, uno a uno.

—Pero algo tan simple...

—Señorita, como ve, no se debe subestimar ningún objeto. Hasta el más anodino puede convertirse en un instrumento de tortura.

El anciano asintió repetidamente con la cabeza y volvió a llevarse la mano a la pajarita. Abrió y cerró varias veces la portezuela del armario.

—Tenga en cuenta que al sujeto se le irá despojando de cada pelo hasta dejarle la cabeza como una bola de billar.

Inspiré y solté el aire largamente.

—Perder el cabello es una experiencia bastante desagradable. Cuando los nazis deseaban despojar a sus inminentes víctimas de su condición humana en los campos de concentración, lo primero que hacían era raparles la cabeza. Pese a que ello no afecta a la salud del resto del cuerpo, se acepta de algún modo que el cabello alberga cierta esencia vital.

—Eso lo entiendo. Tenga en cuenta que trabajo en una peluquería.

—Muy bien. Entonces, no tendré que explayarme en mi explicación. El tormento habrá de ejecutarse en una sala cubierta de espejos, de modo que resulte inevitable presenciar lo que sucede. De nuevo, la clave se encuentra en lo uniforme del proceso. No se permiten atajos ni caminos rápidos, por ejemplo, arrancando más de un cabello cada vez. Una clave más es el leve dolor asociado a la pérdida individual de cada cabello, que crea la falsa ilusión de poder soportar el suplicio, que, sin embargo, se vuelve inaguantable al repetirse sin fin. Este es, sin duda, de los pocos que se ajustan por completo a la definición de tortura, en todos sus matices.

El tragaluz se teñía de los arreboles del atardecer. El viento había amainado y las hojas del roble ya no se movían. Un haz de luz naranja se proyectaba sobre el rostro del anciano, dibujando una sombra bajo sus cejas que impedía ver sus ojos, lo cual enfatizaba la sutil sonrisa de la comisura de sus labios.

Tuve la seguridad de que, si lo volvía a ver, le cortaría el pelo en el balcón de casa. Le cubriría los hombros con una capa de plástico, le pondría una toalla al cuello y le ataría los pies y las manos a la silla.

Eso es. Tomaré prestadas unas correas de cuero. No me importaba que fueran las que aseguraban las manos a la mesa o las que mantenían a la víctima inmóvil a la espera de que los cuatro caballos se pusieran en marcha. Cualquiera de ellas lo mantendría sujeto de igual manera.

Lo dejaría sin pelo. A ver..., ¿por dónde empezaría? ¿Desde detrás de las orejas? ¿Por la coronilla tal vez?

El pelo iría cayendo y posándose a sus pies, como insectos de largas y finas alas, mientras yo disfrutaría de cada fugaz instante de reacción suya. Acabaría rasgándosele la piel y la capa de grasa se le erosionaría.

Por fin, su cuero cabelludo, pálido y vulnerable como el hámster del contenedor de basura de la hamburguesería, quedaría al descubierto.

El pelo iría acumulándose poco a poco sobre el suelo del balcón hasta que el viento lo arrastrase consigo y se lo llevase, elevándolo hacia el cielo. Algunos haces se le quedarían adheridos a los pies y a los labios, pero no podría sacudírselos. Lo único que él podría hacer es gritar. Muy bien, yo le dejaría gritar sin mover un dedo.

—Señorita, espero sinceramente que haya disfrutado con la visita —dijo al fin el anciano.

—Claro que sí. Le estoy muy agradecida por su

buena disposición como guía —repliqué con una pequeña reverencia—. No obstante..., ¿me permite que le haga una pregunta?

El anciano asintió con la cabeza.

—¿No le ha movido nunca la curiosidad de probar alguno de los instrumentos que guardan aquí?

El anciano se llevó una mano a la sien y mantuvo la vista fija durante unos instantes en la tenue luz que envolvía el vestíbulo. Por fin, respondió:

—Sí.

Su sonrisa había desaparecido.

—Se lo diré claramente: aquellos instrumentos que no me proporcionan dicha sensación no son seleccionados para formar parte del museo —afirmó. Separó la mirada de la luz del vestíbulo y se acarició el cabello.

—No le importará que vuelva alguna otra vez, ¿verdad? —dije.

—Claro que no. Tendrá las puertas abiertas cuando usted considere oportuno volver. Y aquí estaré yo para servirla.

Las comisuras de los labios del anciano volvieron a esbozar una sucinta sonrisa.

El vendedor de prótesis

Fuera lo que fuese, todo lo que mi tío elaboraba con sus manos no tardaba mucho en estropearse. Buen ejemplo de ello eran la desventurada maqueta de avión, regalo de papá, que yo tanto apreciaba; una destartalada prótesis que, según decía, servía para aumentar la estatura de quien se la pusiera y de la cual se había atribuido falsamente la invención, o un abrigo de piel, regalo suyo y que él mismo había confeccionado.

Recuerdo que cada vez que lo veía, desempeñaba sin excepción un oficio diferente, pasando de sombrerero a ayudante de cámara de televisión; de vendedor a domicilio de prótesis ortopédicas a tutor de modales y normas de etiqueta en la mesa, o de mayordomo a conservador de la colección y patrimonio de un museo —este fue el último del que tuve conocimiento—. Ahora que lo pienso, tal vez fuera vendedor a domicilio, primero, y después ayudante de cámara, pero el orden no importa. Se casó en tres ocasiones y en al menos otras dos cohabitó sin nupcias con sendas mujeres, lo cual no impidió que acabara sus días en completa soledad.

Era una de esas personas que cuando consiguen un entorno de estabilidad laboral y cálido refugio hogareño, no vacilan en echarlo todo por la borda para comenzar de nuevo a partir de cero.

Lo único digno de admiración en él (si es que se le puede aplicar tal apelativo) era su indiferencia ante la rotura inevitable de los objetos que fabricaba o que pasaban por sus manos. Ni un gesto torcido ni un mísero chasquido con la lengua alteraban la serenidad de su rostro. Tan solo las comisuras de sus labios se curvaban en una contenida sonrisa.

Un día recibí una llamada de la policía solicitando mi presencia para retirar el cadáver de mi tío, una vez que se le había realizado la autopsia correspondiente. Puesto que no tenía trato con los vecinos ni amistades de confianza, la policía había tenido que esforzarse para dar con sus escasos parientes. Acababa yo de regresar a la residencia donde vivía, después de pasar el día en la universidad, y estaba estudiando para la siguiente clase de francés cuando sonó el teléfono.

—¿De qué ha muerto? —pregunté.

—De asfixia —informó la voz al otro lado del auricular.

—¿Lo han estrangulado?

—No. La ingente cantidad de basura que su tío acumulaba en casa se derrumbó sobre él y lo ahogó.

Aunque resulte extraño, el trato de usted con que

la persona del teléfono se dirigió a mí me proporcionó consuelo.

Lo cierto es que a mi tío y a mí no nos unía ningún lazo de sangre. Si bien era el mayor de los hermanos de mi madre, no estaban emparentados carnalmente, ya que era el hijo del segundo marido de mi abuela, y procedía de un matrimonio anterior de este. No solo había una gran diferencia de edad entre él y mi madre, sino que, además, nunca vivieron bajo un mismo techo. Recuerdo que, de niño, ella trató varias veces de explicarme, sin éxito, el vínculo familiar que tenía con su hermanastro.

Pese a lo dicho, cada dos por tres se presentaba en casa, sin avisar y sin motivo aparente, y se quedaba varios días, transcurridos los cuales desaparecía sin más.

Ser todavía un niño no me impedía percatarme del poco entusiasmo con que mi tío era recibido por mamá, que se convertía en un manojo de nervios en cuanto cruzaba el umbral de la puerta, y por papá, cuya escasa reserva de buen humor se veía afectada. Indiferente a ello, mi tío disfrutaba de lo lindo y comía y bebía sin cohibirse lo más mínimo.

He de admitir cierto grado de insensibilidad por mi parte a la tortura que sus visitas infligían a mis padres, porque siempre me traía algún regalo excepcional que me hacía anhelar su presencia.

—A ver si lo encuentras —me decía aupándome en sus brazos y rozándome el rostro con sus mejillas, a lo que yo respondía divertido con inútiles forcejeos cuando sus barbas se clavaban en mi piel. De algún modo me las arreglaba para desasirme de sus brazos y hurgar entre su ropa en pos del ansiado regalo. Llegaba entonces su turno para retorcerse bajo las cosquillas producidas por mis dedos revoltosos.

Bajo su sombrero surgían a veces bombones de importación y de las mangas de su chaqueta coches en miniatura. En una ocasión, me encontré con una navaja entre sus calcetines. Hasta que empecé a ir al colegio, viví con la convicción de que todos aquellos objetos surgían de entre los pliegues de su ropa por arte de magia.

Recuerdo la vaina de la navaja, adornada con incrustaciones de piedras semipreciosas, y cómo su contemplación me provocaba un escalofrío. Mamá no tardó en confiscármela.

—Pero ¿es que le parece normal regalarle un objeto tan peligroso a un niño? —protestó ella—. Ese hombre no tiene ni una pizca de sentido común.

Lo de la falta de sentido común era la expresión que salía de labios de mi madre siempre que se refería a mi tío.

Curiosamente, sus visitas hacían que las cenas se convirtieran casi en banquetes durante los días que duraba su estancia, lo cual suponía una paradoja en aquel ambiente de desidia anímica paterna. Yo me sentaba sobre las rodillas de mi tío.

—¡Esas no son formas! —nos recriminaba mi madre. Ninguno de los dos hacía caso. Pese a que sus rodillas se me clavaban, aquel sitio me parecía de lo más cómodo.

Mi padre no le servía como interlocutor porque, en primer lugar, no probaba el alcohol y, en segundo lugar, por su carácter arisco, de modo que no era infrecuente ver a mi tío gesticulando mientras lanzaba peroratas sobre las vicisitudes de su último oficio, un extraño percance ocurrido en alguno de sus viajes o cierto rumor relativo a algún pariente común. Cambiaba el tono de su voz y reía complacido cuando la ocasión lo requería, y se desenvolvía cual actor de teatro sobre un escenario, lanzando efluvios de alcohol sobre mi nariz. Mi padre esbozaba de vez en cuando una sonrisa empática, pero no intervenía, y mi madre se mantenía ocupada, yendo y viniendo de la cocina a la mesa.

Al cabo de un rato, mi padre se ponía en pie y esbozaba una lacónica despedida:

—En fin, mañana tengo que madrugar.

A mí me mandaban ponerme el pijama y mamá recogía la mesa mientras mi tío permanecía arrellanado en su asiento.

A veces, me levantaba en mitad de la noche para orinar y él seguía allí, solo, inclinado sobre el vaso de whisky, los hombros encogidos y las manos vacilantes, sumido en la borrachera, susurrándole al aire y riendo como durante la cena.

Mi tío solía pasar el día ocioso en el salón, y echaba una mano a mamá en alguna tarea esporádica, como abrir una botella cuyo tapón se resistiera o llevar a la primera planta algún libro que le hubiera llegado por correos a papá. No debía de creer mamá que el tío pudiera serle de mucha más ayuda que eso.

Si en algún momento el aburrimiento se le hacía insoportable, se asomaba a mi habitación:

—Vamos a montar la maqueta de avión —propuso un día.

Se trataba de un regalo de papá por mi cumpleaños y la propuesta de mi tío no me sedujo en absoluto, no tanto porque papá ya se había comprometido a montarla el domingo siguiente como por la desazón que me causaría ver a mi tío manipulando aquellas delicadas piezas de la maqueta. No me dio tiempo a protestar. Cuando quise darme cuenta, mi tío ya se afanaba en arrancar cada pieza de su correspondiente enganche.

—Déjame a mí también... —le rogué.

—Nada de eso. Esto es demasiado complicado para los niños. Ya me encargo yo.

Y vaya si lo hizo. Ni siquiera me permitió tocar la hélice, las alas o el tubo de pegamento...

Tan pronto se quitaba las gafas como volvía a ponérselas y acercaba el flexo para leer las instrucciones, escritas en una letra minúscula. Pronto, la mesa estuvo cubierta de piezas que él se aplicaba en adherir entre sí, separar, dar la vuelta. Soltaba unas, cogía otras y, de vez en cuando, musitaba: «¿Y esto?», y yo replicaba lleno de desasosiego: «¿Va todo bien?». «Sí, sí. Tengamos un poco más de paciencia. Va a quedar un avión magnífico», respondía mientras asentía con la cabeza.

Llegó un momento en que me cansé de esperar y salí a jugar. A la hora de la cena, todavía seguía dedicado a la tarea. Aquello iba tomando cierta forma de avión.

—Si quieres, déjalo —me atreví a proponer, pero él se mantuvo firme en su empeño.

Por fin, a la mañana siguiente, lo dio por terminado.

—¿Qué te parece? —dijo, enarbolando la maqueta.

—Muy bien. ¡Muchas gracias!

Aquello mostraba un aspecto completamente diferente al de la foto de la caja, pero yo se lo agradecí de todos modos: ni se me pasaba por la cabeza arrebatarle la ilusión de haber trabajado con tal ahínco en el ensamblaje de la aeronave. Observé sus dedos, levemente sucios y sobre los que quedaba algún que otro resto de pegamento adherido.

El caso es que, aunque aquello efectivamente era un avión, en el resultado final había un desequilibrio extraño. Cada una de las piezas parecía ocupar un lugar que no le correspondía. Por ejemplo, un resquicio se abría al borde de la ventanilla de la cabina de vuelo, una inusual curvatura afectaba al tren de aterrizaje y, lo más llamativo de todo, las alas estaban colocadas en un ángulo equivocado.

La visita de mi tío terminó ese mismo día, alrededor del mediodía. Al ir a colocar la maqueta sobre su propia caja, el ala derecha se desprendió, y apenas había soltado una exclamación de sorpresa cuando la hélice hizo lo mismo. Le siguió el tren de aterrizaje y, por último, el ala derecha cayó a mis pies. Aquello era un bodrio que se deshacía entre nuestros dedos.

En otra de sus visitas, trajo un objeto difícil de describir: una gran plancha de hierro en uno de cuyos extremos había una especie de collar para perros y, en el otro, unas gruesas correas.

—Esto que veis aquí es una prótesis que sirve para aumentar la estatura —anunció mi tío. Papá y mamá emitieron unas exiguas y poco entusiastas exclamaciones de admiración, tras las cuales mi tío volvió a tomar la palabra—: Veréis. Voy a enseñaros cómo funciona.

Ni corto ni perezoso, me situó a mí de espaldas al artefacto.

—¿Duele? —pregunté.

Mi tío negó repetidamente con la cabeza mientras desabrochaba las correas.

—Puedes estar tranquilo —aseguró—. Además, ¿no te gustaría ser más alto? Por supuesto que sí, ¿verdad? ¿Cómo les vas a gustar a las chicas si eres un canijo? Pues bien, este aparato será la solución para cientos de miles de personas de todo el mundo.

Ajustó aquello que parecía un collar (y que, de

hecho, era un collar) a mi cuello y me obligó a enderezar la espalda de manera que toda ella quedara apoyada sobre la superficie de la plancha. Acto seguido, me inmovilizó con las correas, que abrochó a la altura del estómago.

—¡Ya está! —exclamó.

Una mirada llena de aprensión afloró en el rostro de mi padre mientras el entrecejo de mi madre se tensaba.

Mi respiración fue tornándose dificultosa. Mi cuello se tensó hasta el punto de resultarme imposible moverlo tanto a los lados como de arriba abajo y si trataba de corregir mi posición, las vértebras me crujían. La única parte de mi anatomía con libertad de movimiento eran mis globos oculares.

—Treinta minutos al día durante medio año bastarían para aumentar la estatura en cinco centímetros. Al fijar de esta manera el cuello y las caderas, los músculos de la espalda se estiran al máximo y ello sirve de estímulo a los huesos, que activarán la producción de hormona del crecimiento.

—Pero es muy incómodo. Casi no puedo respirar.

—¿No me digas? A ver si es que he apretado el collar demasiado... —observó y se apresuró a aflojarlo ligeramente—. Todavía está en pruebas. En cuanto lo perfeccione, pienso ponerlo a la venta por correspondencia. El éxito está asegurado. Ya he contratado su producción con un fabricante y pienso poner anuncios en periódicos y revistas para hombres. Por si fuera poco, he obtenido una autorización por parte del ministerio para comercializarlo como artículo terapéutico. Mirad.

Extrajo de un bolsillo interior de su chaqueta un documento y lo agitó ante nuestras narices.

—Pero eso... —comenzó a decir papá con suspicacia, mientras mamá toqueteaba nerviosamente la superficie de la plancha metálica.

—Tío, por favor —mi voz se quebró en un gemido—. Desátame. No aguanto más...

En cualquier caso, tal y como había asegurado, mi tío inició una actividad comercial de venta por correspondencia de aquellos extravagantes artilugios protésicos. No sé si al fin incorporó aquellas mejoras de las que había hablado, pero de lo que sí estoy seguro es de haber visto un anuncio publicado en alguna revista: un modelo posando con suficiencia y confianza, el torso desnudo y los músculos lustrosos, y la prótesis a su espalda. Parecía mentira que aquel objeto tan bien acoplado a la figura del modelo fuera el mismo destartalado artefacto que mi tío me ciñó torpemente a la espalda. Desde luego, el hombre del anuncio parecía sentirse tan cómodo como si aquello formara parte de su cuerpo.

Como la piel seca de un reptil tras la muda, el prototipo que mi tío usó en casa quedó abandonado en un armario, sin que ninguno de nosotros tres sintiéramos la menor tentación de someter nuestras espaldas a esa dolorosa constricción. Poco a poco, una fina capa de óxido fue extendiéndose sobre la superficie de la plancha de hierro.

Un día de recogida de basura no orgánica, mamá decidió deshacerse del artilugio y, al tomarlo en sus manos, los tornillos que sujetaban las piezas cayeron al suelo y tanto las correas como el collar se desprendieron, y todo quedó reducido a un montón de componentes sueltos.

—Las correas, como son de cuero, van a la basura orgánica, ¿no? —comentó mamá.

Al parecer, la venta de prótesis fue un fracaso, tal vez porque se rompían enseguida o quizás porque no daban los resultados prometidos. Independientemente de cuál fuera el motivo, mi tío fue arrestado por fraude. El documento de autorización ministerial resultó ser falso.

Tardé cuatro años en volver a verlo. Para entonces, ya había empezado la enseñanza secundaria.

Al recordarlo ahora, me doy cuenta de que aquella fue la época de mayor holgura económica de mi tío: tanto la calidad de los regalos que me traía como la confección de la ropa que llevaba eran de primera. Podía entonces presumir de perfume francés, de fumar puros y de alquilar un coche con chófer para ir de la estación de tren a casa.

Según nos contó, había obtenido un empleo como mayordomo en una casa adinerada. Mi madre tenía razón cuando decía que mi tío era un culo de mal asiento.

Las dueñas de la casa eran dos hermanas gemelas en las postrimerías de la vida, que habían heredado una fortuna de su padre, preboste de la industria del carbón, y que pasaban mucho tiempo viajando por el mundo, lo cual dejaba a mi tío como responsable de la casa durante la ausencia de ambas. Tal era, de hecho, su principal cometido.

Corría el rumor entre diversos miembros de la familia de que la relación entre él y ellas superaba los límites profesionales y se adentraba en los sexuales, ámbito dentro del cual las dos mujeres gozarían de una especie de derecho de pernada sobre mi tío. A mi edad, yo no era capaz de hacerme una imagen concreta de qué significaba aquello, pero siempre que el tema afloraba en la conversación, veía aparecer en el rostro de los parientes contertulios gestos de asco que dejaban poco lugar a la duda acerca del carácter inequívocamente repulsivo de la conducta aludida.

—Son totalmente idénticas las dos —dijo mi tío un día, dirigiéndose a mí—. Desde su constitución física hasta el gusto por la ropa, por el maquillaje e, incluso, el modo en que sus arrugas recorren su rostro.

—¿Y no hay nada que las diferencie? —pregunté.

—Nada. Lo que caracteriza a una también caracteriza a la otra, y viceversa, y, por tanto, aunque estén constituidas como dos entes separados, es como si realmente fueran una sola persona.

—Y el trabajo de mayordomo..., ¿qué tal es?

—En mi caso, supongo que no soy un mayordomo al uso —replicó con su habitual satisfacción—. Verás... Por ejemplo, me ocupo de cuidar a un tigre de Bengala.

—¿Un tigre? —repliqué al instante.

—Así es. Vive en el patio trasero de la casa. Las gemelas lo adquirieron durante un viaje a la India, cuando todavía era un cachorro.

—Pero ¿ya es grande? —pregunté, sin salir de mi asombro.

—¿Que si es grande? No podrías abarcar con los brazos el perímetro de su cuerpo. Tiene patas como troncos y unos colmillos capaces de atravesar todo lo que se les ponga delante, y cuando trota por el patio, puedes notar el retumbar del suelo bajo sus pisadas.

—¿Y no te da miedo?

—Claro que sí. No debes bajar la guardia un solo instante porque siempre está listo para abalanzarse sobre ti cuando menos lo esperes. Mantiene cada músculo en un estado de tensión permanente, al acecho, y eso es lo que le otorga su particular belleza. El lustre de su pelo a la luz del sol, la línea arqueada de su vientre, el gemido grave y contenido, pero amenazador, procedente de las profundidades de su garganta. La suya es una belleza escurridiza.

Mi tío cerró los ojos para permitir, quizás, que la imagen del tigre se dibujara en su mente.

—¿Sabes? A las gemelas siempre les ha interesado la tortura —continuó, con los ojos aún cerrados. No supe qué replicar a eso y guardé silencio, permitiendo así que él prosiguiera—. En sus viajes por todo el mundo han ido comprando instrumentos de tortura con los cuales han formado una bien provista colección, de cuya gestión también me encargo yo.

—Debe de ser un trabajo de lo más pintoresco —me atreví a comentar.

—Ser arrojado al jardín donde vive el tigre constituiría, de por sí, una buena tortura, pero, en cuanto a los instrumentos, los hay de los más diversos tipos. Desde el que provoca fracturas en los tobillos, pasando por un aparato bucal que produce cortes en la boca, hasta una cuchilla que monda la piel.

Aunque mi tío no paraba de mencionar instrumentos, uno tras otro, a mí aquellos descriptivos nombres no me bastaban para formarme en la mente una idea de su aspecto. El único de ellos cuya imagen sí veía con nitidez en mi cabeza era, por razones obvias, la prótesis para aumentar de estatura.

—Lo peor de cuidar del tigre no es el peligro de ser atacado, sino la pestilencia que emana de su cuerpo: un olor tan intenso que se te adhiere al cabello y no hay quien te lo quite de encima. Por eso nunca me separo de mi frasco de colonia. Me lo regaló una de las gemelas al regreso de uno de sus viajes. ¿O fue la otra? No importa. El caso es que se trata de una colonia de las caras.

Acercó el pecho a mi nariz hasta que ambos se tocaron. Yo no lo rehuí.

—¿Qué te parece? Huele bien, ¿no?

Sacó un pañuelo y lo agitó para emitir una mayor cantidad de olor. Vivir en una casa rica no hacía de él un hombre rico, pero había adquirido todos los ademanes de uno.

Inspiré profundamente. Algo percibí, desde luego. Pero si alguien me preguntase, no podría asegurarle si aquel olor procedía en verdad de la colonia de mi tío o del tigre de Bengala.

El recuerdo de mi tío que más hondamente ha quedado impreso en mi memoria es su imagen de espaldas, alejándose de nuestra casa cada vez que se despedía tras una visita. En ninguna de aquellas ocasiones sabíamos con exactitud adónde iba, y tampoco osábamos preguntarlo. Como despedida a él le bastaba un escueto «hasta luego».

Siempre se iba con las manos vacías. Jamás traía consigo una bolsa de viaje. Yo me preguntaba dónde llevaría la muda de su ropa interior, a lo que yo mismo me respondía que muy posiblemente la ocultase entre los pliegues de su ropa, como hacía con los regalos que me ofrecía.

—Qué bien lo he pasado —dijo de todo corazón aquel día—. Aplícate bien al estudio en el colegio. Por aburrido que te parezca algo, seguro que acabará siéndote útil en algún momento. Así es nuestro mundo. Recuerda bien lo que te digo: el tiempo que emplees estudiando nunca será tiempo perdido.

Me cogió en brazos y me rozó las mejillas, pinchándome la piel del rostro con sus barbas una vez más, a lo cual yo reaccioné agitando brazos y piernas al aire. No le incomodó que el pelo se le alborotara levemente, ya que el fijador para el cabello que siempre se aplicaba se encargaba de mantenerlo dentro de cierto orden.

—Muchas gracias por todo —dijo entonces con un movimiento reverencial de cabeza, dirigiéndose a papá y mamá, mientras se pasaba una mano por la cabeza para recolocar los mechones revueltos.

—¿Cuándo vas a volver? —pregunté, dando por sentado que él mismo sabía la fecha. ¿Por qué somos tan ingenuos de niños? Lo cierto es que deseaba de verdad conocer el día de su regreso.

—Eso me pregunto yo mismo... —contestó lacónico. Era un hombre de múltiples oficios, pero no de promesas.

Su última visita tuvo lugar más tarde, tras la muerte de las gemelas y después de que la casa pasara a convertirse en un museo dedicado al horror de la tortura, para el cual mi tío adoptó las funciones de conservador y guía. Para entonces, yo era demasiado grande para que me cogiera en brazos y me raspase las mejillas con la barba.

A la hora de la despedida, como era habitual desde tiempo atrás, el magnífico coche negro de alquiler, conducido por un chófer, se presentó para recogerlo. Al salir, mi tío dio un traspié en el umbral y habría sufrido una buena caída si yo no lo hubiera sujetado.

—Gracias —dijo con voz ronca, y el olor de su colonia penetró mis fosas nasales.

Parecía haber envejecido notablemente desde la última vez. Ofrecía un aspecto tan vulnerable que uno tenía la sensación de que apenas un leve roce bastaría para hacerlo caer al suelo. El vigor que su cuerpo exhibía antaño había desaparecido por completo. Asimismo, el recuerdo que conservaba de él como un hombre que me superaba con creces en estatura no encajaba con la persona que tenía delante, visiblemente más baja que yo.

Fue entonces cuando reparé en que desconocía su edad; me di cuenta de que él, para mí, nunca había tenido una edad concreta.

—Dale recuerdos al tigre de Bengala —dije acercando el rostro a la ventanilla del vehículo.

Mi tío asintió con la cabeza en silencio, aunque no estoy seguro de que hubiera oído lo que le dije. El tigre era el único miembro que le quedaba de su nueva familia, de manera que, por si acaso, se lo repetí:

—Dale recuerdos al tigre de Bengala.

Mi tío agitó la mano con la afectación de un rey que lamenta separarse de su amado pueblo.

El coche arrancó y la silueta de mi tío, visible desde la ventanilla trasera, fue menguando a medida que el vehículo se alejaba.

—En fin... —resopló mi padre mientras entraba de nuevo en casa.

—Qué suplicio —musitó mi madre como si acabara de quitarse un peso de encima. También ella entró en casa.

Yo me quedé en el umbral, siguiendo con la mirada el vehículo que se alejaba hasta desaparecer y atento a si mi tío volvía la cabeza hacia mí una última vez... Pero no lo hizo.

El funeral terminó sin que ninguno de los escasos asistentes, sentados frente al altar con aturdida expresión, derramara una lágrima. Parecían absortos no en su tristeza sino en comprender qué hacían allí.

—¿No es raro que haya muerto ahogado en su propia casa?

—Por lo visto, estaba muy débil y un armario le cayó encima. Supongo que no pudo quitárselo de encima.

—Yo diría que se trata de un asesinato. Enemigos no debían de faltarle.

—En cualquier caso, según la autopsia, llevaba días con el estómago vacío, a punto de morir de inanición. Así que su muerte estaba escrita.

Los asistentes cuchicheaban.

Lo cierto es que el destino se le había torcido desde aquel incidente que le supuso una acusación por comportamiento obsceno. Por lo visto, había llevado a una menor de edad a aquel museo de la tortura en que se había convertido la casa de las gemelas y algún vecino advirtió que algo sospechoso estaba ocurriendo y dio parte a la policía. El asunto resultó realmente complejo: la supuesta menor era una mujer de dieciocho años, empleada en prácticas en una peluquería de señoras, que mantenía cierta relación con mi tío. La joven no interpuso denuncia alguna contra él y el asunto no pasó a mayores.

Nunca se supo con certeza qué tipo de relación mantenían ambos.

—Torturaba a la muchacha —afirmó un día mi padre.

—¿Por qué piensas eso? —pregunté sorprendido.

—Porque había instrumentos de tortura dispersos por el suelo de la casa. Además, ¿de qué otra cosa podría tratarse?

El incidente de la joven terminó ahí, pero al cabo de unos días, mi tío fue detenido por apropiación ilícita de la herencia de las gemelas. En el momento del arresto ya había dilapidado una buena parte de la fortuna. Era muy posible que la atención de la policía se hubiera centrado en dicho asunto desde el principio. En cualquier caso, mi tío ingresó en prisión una vez más.

El museo de la tortura fue clausurado y mi tío se quedó sin casa a la que volver.

Mi tío me había rogado encarecidamente que me pasara una vez al menos por el museo para visitarlo, pero yo estaba tan ocupado con mis clases y con mis actividades extraescolares que acabé perdiendo la oportunidad de ir.

Cada año, por navidades, me enviaba una postal de felicitación con una foto suya en que se le veía posando ante algunos objetos de tortura expuestos en el museo.

Bien erguido, sacando pecho, con su pajarita al cuello y una honesta sonrisa en los labios, la camisa bien almidonada e impecables sus zapatos de piel: así aparecía en la foto. Mostraba, abiertas, las palmas de ambas manos, y con la derecha apuntaba hacia uno de los instrumentos de tortura. En los puños de las mangas, se adivinaban unos gemelos de perla. «Se trata de un ejemplar indudablemente auténtico, ¿no creen?», parecía decir.

La última vez que lo vi fue un día de febrero, poco después de que le concedieran la libertad condicional. El cielo estaba cubierto de nubes bajas y un viento gélido soplaba sin descanso. Yo caminaba encogido, con las manos enfundadas en los bolsillos de mis pantalones. Finalmente, tras un largo paseo, llegué a su apartamento.

Se encontraba en un edificio insulso, con aspecto de caja de zapatos larga y estrecha, sin más adorno que dos hileras de ventanas. No se veían flores en las repisas ni colada tendida al sol. Los muros estaban cubiertos de manchas, los canalones desprendidos en diversos tramos y la barandilla de las escaleras más retorcida que recta. Aparte de los maullidos de un gato a la sombra de unos matorrales frente a la puerta de entrada, un completo silencio reinaba en el ambiente.

Eché un vistazo al buzón para asegurarme de que aquel fuera su domicilio. En efecto, escrito en el buzón número 201, con rotulador y línea vacilante, podía leerse el nombre de mi tío, algo emborronado debido a la exposición a la lluvia. Acerqué el rostro para mirar en su interior, pero no había más que un vacío oscuro, ni una sola carta, ni un mísero folleto publicitario.

Empujé la puerta del apartamento 201, que cedió, y lo llamé:

—¿Tío? —No se me ocurría qué otra cosa decir—. ¿Tío? ¡Soy yo!

Desde luego, allí había alguien. De algún lugar del apartamento, llegaba el sonido de una respiración entrecortada, pero desde el umbral de la puerta no veía a nadie, así que me descalcé y entré. En un primer momento, permanecí inmóvil sin saber adónde dirigir mis pasos. Ante mí, se erigía una montaña de basura.

No es que fuera todo basura, porque allí había objetos de alguna utilidad. Si de algún modo pudiera describirse aquella enorme acumulación de cosas, sería por la caprichosa variedad de todo lo que contenía.

—Ah, has venido —respondió por fin un hilo de voz que logró abrirse paso a través de un pequeño resquicio abierto entre el montón de objetos.

Tuvieron que pasar unos segundos antes de que

pudiera convencerme a mí mismo de que aquella voz era realmente la de mi tío.

—Pero no te quedes ahí parado toda la tarde. Acércate.

—Sí. Eso quisiera yo, pero es que me temo que, al más mínimo paso en falso, todo esto se derrumbará.

—Qué exagerado. Pasa junto a la nevera y por encima del aparato de radio, y rodea el armario ropero por detrás.

Hice tal y como me indicó y pude adentrarme en la montaña de calcetines deshilachados, parrillas, enciclopedias, piezas de clarinete, latas de comida para gatos, ollas sin asas, pastillas de jabón, un microscopio, marionetas, pan enmohecido y hasta un armiño disecado... Llevado por la curiosidad, fui reparando en cada objeto hasta que me sobrevino una especie de vértigo y decidí no prestar más atención. Seguí avanzando, tratando de alcanzar el lugar de donde provenía la voz de mi tío, sorteando obstáculos por doquier en mi recorrido a través de aquel descomunal amasijo de cosas que se extendía por todo el suelo hasta cubrir la ventana y que incluso alcanzaba, en su extremo más prominente, el techo de la vivienda...

—No estoy soñando, ¿verdad? Eres tú en persona, ¿no? Acércate más, que te vea bien. Últimamente, he perdido mucha vista.

Mi tío permanecía tumbado, casi enterrado, en una angosta oquedad situada en el centro de la sala. Alargó su brazo hacia mí.

—Estoy aquí.

Tomé su mano y la apoyé en mi mejilla.

—Ah. Cuánto echaba de menos este tacto y qué bien lo recuerdo.

Había adelgazado mucho. Lo noté sobre todo en las muñecas, el cuello y los hombros: prácticamente, no eran más que huesos. No podía yo desasirme de su mano.

—Gracias por las postales que me envías cada año por Navidad.

—Solo te las envío a ti. Tú, sobrino mío, eres la única persona a la que deseo volver a ver.

Tras unos instantes de vacilación, decidí retirar un conjunto de objetos que obstaculizaban el espacio de la almohada donde apoyaba mi tío la cabeza y me arrodillé ante él.

—¿Qué tal te encuentras? —le pregunté. Más urgente se me antojaba la cuestión por el estado en que tenía su vivienda, pero no encontré la manera de formular la pregunta.

—Me las arreglo. Pero, con este frío, me duelen mucho las articulaciones.

Reparé en que no había calefacción y en que mi tío reposaba sobre una toalla extendida en el suelo, tan ennegrecida que no se adivinaba su color original. No obstante, la temperatura era relativamente agradable, gracias tal vez a cierta capacidad de la montaña de objetos para mantener el aire templado.

—Ha pasado mucho tiempo desde la última vez que coincidimos, ¿verdad? —aprecié.

—Y que lo digas. Iban a soltarme antes, pero, entre unas cosas y otras... Últimamente, no hago más que cruzarme con cabezotas que me hacen la vida imposible.

—¿Comes bien? Tienes que comer.

—Cuando quieras darte cuenta, a ti también te habrá llegado la edad en que los demás se preocupen por ti. Si parece que fue ayer mismo cuando yo no era más que un jovenzuelo...

—Tío, ya estoy en la universidad.

—¿Y qué estudias?

—Literatura francesa.

—Magnífico.

Cerró los párpados y me apretó la mano. La expresión que adquirió su rostro fue la de alguien que trata con todas sus fuerzas de contener las lágrimas.

—¡Ah! ¡Casi lo olvido! Te he traído un regalo. ¡A ver si encuentras dónde lo he escondido! —dije en broma con el único propósito de no verlo llorar.

Mi tío dejó escapar una voz entre la risa y la tos, y yo extraje una caja de bombones del bolsillo de mi cazadora.

—Si no lo recuerdo mal, te encantan, ¿verdad?

—Cierto. Te lo agradezco mucho. Nunca hubiera imaginado que acabarías siendo tú el que me trajera regalos.

Deposité cuidadosamente la caja sobre una columna formada por tres ruedas y una tostadora. Al instante, se fusionó con su variopinto entorno, como uno más de aquellos objetos.

Por fin, una sensación de calma fue abriéndose paso en mí y permití que mi mirada deambulara por aquella enorme amalgama de objetos acumulados al azar, en cuyo centro nos encontrábamos. Descubrí entonces cierta unidad formal en el todo, cierto equilibrio estético más allá de la heterogeneidad de sus componentes, como si de aquella abigarrada acumulación surgiera una belleza insólita, inexistente en la individualidad de cada objeto; como si aquella unión otorgase a aquellas cosas sucias y estropeadas una nueva existencia.

A mi tío lo rodeaba un cúmulo de cachivaches cuyo uso anterior era difícil de dilucidar. Madera, cadenas y cuero se apelmazaban en una masa informe que tal vez procediera del material de desecho de una fábrica. Pronto caí en la cuenta de que eran, de hecho, restos de instrumentos de tortura expuestos en el museo.

Correas que antaño habrían servido para atar a las víctimas por las muñecas yacían, sueltas y retorcidas, junto a pesados bloques cubiertos de herrumbre que habrían servido para quebrar sus rodillas, y cadenas que se habrían hundido en sus carnes hasta atravesarlas. Pero, aparte de eso, era imposible adivinar qué funciones habrían cumplido en el pasado los demás objetos tendidos a nuestro alrededor, agonizantes, como si ellos mismos hubieran sido víctimas de suplicios, y no les quedase más que esperar la llegada de su última hora.

Dejé caer la mirada a mis pies y vi varias de aquellas prótesis para aumentar la estatura. Enseguida me acordé de aquella dolorosa experiencia que sufrí de niño y volví a sentir la pegajosa humedad del collar ceñido a mi cuello y la fría dureza de la pancha metálica a mi espalda.

De hecho, había allí una infinidad de prótesis apelotonadas, íntimamente entrelazadas hasta el punto de que habría sido imposible separarlas unas de otras.

—Qué recuerdos me traen... —dije, señalándolas con el índice.

Mi tío, pese a no mirar hacia donde yo indicaba, comprendió al instante a qué me refería.

—Ah, ¿te acuerdas? Estas piezas forman parte de las que nunca llegué a vender. Fue el gran invento de mi vida, sin duda. Todavía hoy, muchos de los agradecidos clientes que adquirieron mis prótesis me escriben felicitaciones de Año Nuevo. Me consideran el gran benefactor de sus vidas, y, de esa manera, la mía propia, al ver sus cartas, se me presenta como algo valioso y que ha merecido la pena.

Mi tío se arropó hasta cubrirse el cuello y se acurrucó, haciéndose un ovillo. De vez en cuando, se le acumulaban las flemas y surgían de las profundidades de su garganta ásperos carraspeos acompañados de contracciones espasmódicas de los tendones del cuello.

El viento soplaba implacable, sacudiendo el cristal de las ventanas, y entonces lo vi con el rabillo del ojo. Un ratón. ¿O era una cucaracha? Fuera lo que fuese, un animalillo atravesó corriendo un tramo de habitación y se escondió bajo los instrumentos de tortura. Oí durante unos segundos un ruido de fricción que no tardó en apaciguarse para dar paso de nuevo al silencio.

—Si te apetece, puedes llevarte una prótesis. Aquí hay muchas. No te cortes. Todavía estás a tiempo de que surta su efecto.

—Muchas gracias, tío.

El área del fondo de la sala parecía servir de cocina, pero ningún rastro indicaba que allí se hubiera cocinado algún plato en mucho tiempo. En el fregadero se acumulaban frascos vacíos de colonia.

—¿Qué pasó con el tigre de Bengala? —pregunté.

—Murió en el patio del museo —respondió mi tío—. Agotó hasta el final sus días y se elevó al cielo en un ascenso triunfal.

Permanecimos en silencio e inmóviles durante unos instantes, escuchando el envite del viento. Mi tío alargó el brazo y yo tomé su mano entre las mías. Era como si nos hubiéramos puesto de acuerdo para dedicar una oración al tigre de Bengala.

—Está nevando —comentó mi tío.

—¿Cómo lo sabes?

—Por el sonido del viento. Ha cambiado.

—¿No tienes una manta? Vas a coger frío.

—No me hace falta. Con estas sábanas es suficiente. Pero ¿qué me dices de ti? Si sales así, te vas a constipar. Llévate esto. Te vendrá bien.

Metió la mano entre el montón más cercano a la almohada y extrajo un abrigo de piel.

—Es un abrigo estupendo —reconocí—. Pero a ti te hace más falta que a mí.

—No digas eso. Además, me gustaría dártelo a ti. Si has de quedarte con algo mío, que sea con este abrigo.

—De acuerdo. Muchas gracias, tío.

Él pareció quedar satisfecho y volvió a cerrar los ojos. Al poco, la respiración se hizo más pesada y lenta. Debía de haberse quedado dormido.

Me pregunté cómo había sido posible que la nieve se acumulara de tal manera. Todo estaba completamente blanco. Mi tío tenía razón: el viento había amainado y enormes copos de nieve caían, meciéndose en el aire. No había nadie por la calle, ni siquiera el gato bajo los matorrales del jardín frontal. Caminé sobre una capa de nieve que nadie había pisado aún. Volví la vista hacia el apartamento 201, pero no se veía nada tras los cristales de la ventana.

El abrigo de piel me protegió muy bien del frío. Era tan suave que me entraron ganas de frotar mis mejillas contra su pelo. Aquel abrigo era como el abrazo de un gigante.

Olía a mi tío. En concreto, a la colonia que usaba mi tío. Su fragancia alcanzaba mis fosas nasales en ráfagas alternantes con cada uno de mis pasos, en contrapunto con el crujir de la nieve.

Había pensado regresar a casa por el mismo camino que a la ida, pero la nevada le había dado al paisaje un aspecto diferente y me limité a caminar en línea recta. Los copos de nieve que me caían sobre los hombros iban derritiéndose a medida que se posaban sobre el pelo del abrigo. Volví la cabeza una vez más. Había perdido de vista el apartamento y solo veía mis propias huellas sobre el manto de nieve, alejándose hasta perderse en la penumbra.

De pronto, la manga izquierda se desprendió del hombro. Al recogerla, la costura abierta me mostró sus hilos sueltos y reparé en las oscuras manchas que llenaban el envés.

Le siguió, poco después, la manga derecha. Noté el frío colarse entre las aberturas dejadas, pero continué caminando con ambas mangas en las manos. Comenzó, entonces, a deshilacharse la costura que se extiende desde la sisa hasta el borde inferior. A continuación, le llegó su turno al cuello y, poco después, se desprendió un bolsillo.

El pelaje del tigre reflejaba la luz blanca de la nieve con un inusitado lustre de belleza aterciopelada y emitía un olor crudo y animal que me asaltaba y envolvía a cada paso, a lo largo de aquel camino de regreso a casa, parándome de vez en cuando para recoger los trozos del gran felino que iban descosiéndose y cayendo sobre la nieve.

Lecho de muerte de un tigre de Bengala

Tomé el desvío de la circunvalación y accedí a una carretera que avanzaba a lo largo del malecón, en dirección sur. A la altura del puente, me percaté de que me hallaba todavía sumida en una inmensa duda. Lo único que tenía claro es que, en cuanto llegara a la ciudad, daría con la casa donde ella vivía.

Era una tarde de calor insufrible, en la que no soplaba una pizca de viento y los árboles que bordeaban la carretera se veían obligados a padecer el aire abrasador que se elevaba desde el asfalto. La carrocería de los coches que circulaban en sentido contrario emitía deslumbrantes destellos que me obligaban a entrecerrar los ojos, y aunque llevaba el aire acondicionado al máximo, no compensaba el calor que se introducía a través de los cristales de las ventanillas y el parabrisas. Mis enrojecidos brazos, extendidos con apatía hacia el volante, habían comenzado a dolerme.

Llevaba retándome a mí misma con absurdas apuestas durante todo el trayecto, desde el mismo instante en que salí de casa: «Si pillo el siguiente semáforo en rojo, doy media vuelta y regreso a casa», «si me adelanta el deportivo gris que llevo detrás, continúo adelante», «si el terrier escocés del escaparate de la tienda de animales ya no está, vuelvo a casa», «si hay tres autobuses aparcados en la terminal que está más adelante, entonces no me detengo hasta llegar a su casa»...

Pese a la determinación con que había salido de casa, me afanaba por encontrar la menor excusa que me permitiera cancelar mi plan, y, tonta de mí, rogaba para que el deportivo gris tomara un desvío antes de adelantarme y que la jaula del terrier estuviera vacía...

Apenas alcancé el puente, me vi atrapada en un atasco. Debía de haberse producido un accidente y solo uno de los carriles se mantenía habilitado. Encendí la radio, pero no conseguí sintonizarla bien y la apagué. Pisé el freno a fondo.

¿Qué me proponía hacer cuando la tuviera delante? A pesar de haberme hecho la misma pregunta miles de veces, seguía repitiéndomela sin descanso. ¿La abofetearía, la insultaría y le gritaría que me devolviera a mi marido? No. Sería una estupidez y un espectáculo bochornoso por mi parte. Con eso solo le daría a él un buen motivo para abandonarme definitivamente.

Buenos días. Sí, la saludaré con un seco «buenos días», como si fuera una de las jóvenes que trabajan en la guardería de mi hija.

Mi marido cogió un vuelo hace tres días hacia Estados Unidos para asistir a un congreso de medicina del aparato respiratorio. Eso dijo, al menos. Me producía tanto temor encontrármelo con ella, en su casa, que elegí la hora del día en que me parecía más probable que estuviera ausente.

No era mi propósito acercarme hasta allí para confirmar una infidelidad que era, a esas alturas, más que evidente. Descubrirlos in fraganti no me arrancaría ninguna reacción de histerismo, ni siquiera si los pillase a ambos en la cama. Desde luego, ya llevaban tiempo acostándose. Si no deseaba encontrármelo era tan solo para no complicar las cosas. Su ausencia nos permitiría, a ella y a mí, hablar de manera más civilizada. De eso, al menos, trataba yo de convencerme.

Intenté recordar el nombre del congreso al que al parecer había asistido él. Era un nombre largo y solemne del que no conseguía acordarme, a pesar de no tener problemas para recordar el nombre de la enfermedad en cuya investigación se había especializado: neumonía eosinofílica. Eso no significaba que supiera en qué consistía. Ni él me lo había explicado ni yo me había molestado en preguntárselo. Lo sabría ella, tal vez, ya que desempeñaba, según decían, una excelente labor como secretaria en el hospital universitario.

La idea de encontrármelos desnudos y en pleno coito no despertaba en mí más que indiferencia, y, sin embargo, el nombre del congreso me había producido un terrible arrebato de celos. No tenía sentido, pero no podía remediarlo. Los celos se filtraban a través de cualquier ínfima rendija y se presentaban cuando menos lo esperaba para hacerme sufrir.

La hilera de coches se puso en marcha lentamente y vislumbré entonces, resguardados bajo la enorme sombra del puente, a algunas familias haciendo parrillada, el humo de cuya carne parecía acrecentar aún más el calor. Posadas sobre la estructura, las gaviotas se alisaban con cuidado las plumas de las alas. Mientras me fijaba en un buen número de tablas de windsurf y pequeños botes de pesca varados, algún conductor nervioso hizo sonar el claxon y espantó a las gaviotas, que alzaron el vuelo en grupo. Entorné los ojos para evitar el brillo del sol y alcancé a ver el mar, remoto y distante.

Un camión había volcado en mitad del puente. Tal vez, el exceso de velocidad lo había hecho estamparse contra la mediana, porque la cabina del conductor había quedado destrozada y una de las ruedas se había desprendido y había ido a parar más allá de la barrera de contención. Alrededor del camión, se habían estacionado una ambulancia, un coche de policía y una grúa, y una multitud de luces de emergencia lanzaban sus destellos rojos de precaución a un lado y otro.

Dado el estado de la cabina, supuse que el conductor habría fallecido aplastado entre el volante y el respaldo. Sus huesos habrían quedado triturados y sus vísceras machacadas; no me cabía la menor duda.

Sin embargo, lo que más captó mi atención fue el sinfín de tomates esparcidos por toda la superficie de asfalto que rodeaba al camión. En un principio, pensé que eran flores de rojo chillón que habían decidido emprender un viaje y, extraviadas, trataban de cruzar el puente; o la propia sangre del conductor, extendida por el pavimento en un hermoso patrón de manchas bermellón.

Eran una maravilla de tomates: prietos y bien maduros; de intensos brillos arrancados por el sol inclemente, su apelotonamiento ocultaba por completo el suelo sobre el que se hallaban. Un empleado los recogía con una pala, mientras algunos hombres observaban distraídos la escena y otros, empapados en sudor, se afanaban en cortar y separar con motosierras la chapa de la cabina del conductor.

Las ruedas de mi coche, al girar, aplastaron algunos tomates que habían rodado hasta mi carril, haciéndolos estallar sin resistencia. Parecían incluso entregarse y estar deseándolo.

El rojo del zumo destellaba con una viveza mayor aún que el de la piel y dejó tramos de carretera cubiertos de lo que parecían charcos de sangre. Los vehículos ejecutaban leves giros para evitar pasar por encima y mancharse la carrocería. Pese a que llevaba los cristales de las ventanillas subidos, el ruido de las motosierras me taladraba los oídos.

Por mi parte, en vez de esquivarlos, trataba de aplastarlos. Si lograba triturar más de diez tomates, desecharía por completo la idea de dar marcha atrás y volver a casa.

La explosión de cada tomate se transmitía con espasmódica tensión hasta el volante, entumeciéndome los dedos; mis ojos se dirigieron al espejo retrovisor para contemplar el reguero rojo que iba dejando detrás de mí y me pregunté si la sensación sería la misma en caso de sustituir tomates por personas.

La he visto una sola vez, y a cierta distancia. Un día que me acerqué al laboratorio de mi marido para darle alguna cosa que había olvidado llevarse, me asomé de paso a la puerta de la secretaría con precaución para no ser observada.

Supe enseguida que se trataba de ella. No podía ser otra. Lo supe pese a no saber qué cara tenía y no divisar desde mi posición la placa con su nombre. Su imagen era el epítome de todo aquello que yo había imaginado durante las noches de ausencia de mi marido: su apartamento, el restaurante al que a él le agradaría acompañarla, los jardines interiores del hospital...

Pude verle bien el rostro aquella primera vez y, sin embargo, lo he olvidado por completo. Ni su peinado ni su estilo de maquillaje logré retener en la memoria. Solo recuerdo que se encontraba realizando una tarea que le exigía un enorme grado de concentración.

Ponía en orden, sin siquiera tomar asiento, un

montón de documentos que había sobre la mesa. Recorría los papeles llevada por la ansiedad y escribía una breve nota en algunos de ellos, hacía jirones y desechaba estos o adhería un pósit a aquellos. Recuerdo que le colgaban mechones húmedos de pelo, ocultándole parte del rostro, y que cuando sonaba el teléfono no lo contestaba, sino que gritaba el nombre de alguien para que lo hiciera por ella, cosa que esa otra persona hacía sin rechistar.

Cuando parecía haber puesto en orden todos los papeles, descubría algún error y emitía un chasquido con la lengua antes de empezar de nuevo el proceso. El chasquido se oía desde fuera de la sala.

Repetía la tarea una y otra vez, pero no parecía conseguir su propósito y empezaba a desesperarse. Borraba las notas escritas, doblaba una esquina, estampaba un sello... Probaba todo lo que se le ocurría y los papeles acabaron llenándose de arrugas con tanto sobeteo. La tarea parecía eternizársele, pero nadie se le unió para echarle una mano. Por fin, abandoné el lugar. Lo cierto es que habría deseado quedarme un rato largo observándola. Pensé en su impecable figura cuando, sentada ante el ordenador, se dedicara a mecanografiar la tesis de mi marido, y vi en aquella elegancia una justificación mayor para mis celos.

Estacioné el vehículo en el aparcamiento situado detrás del ayuntamiento con la idea de dirigirme a pie a su domicilio, pues temía ponerme de un humor de perros si me caía una multa por aparcar en la calle.

—Apartamento 508, apartamento 508 —susurré.

En cuanto me apeé del coche, me puse a sudar a borbotones —cosa que me dio bastante rabia, porque había pasado un rato empolvándome la cara y el sudor echó a perder en un santiamén mi trabajo— y avancé calle adelante bajo aquel sol despiadado. No parecía existir en el mundo nada capaz de aliviar aquel calor aplastante.

A medida que caminaba, mi memoria iba recuperando recuerdos soterrados. Como venía siendo costumbre desde que ella y mi marido comenzaran a verse, mi memoria se remontó a mi infancia para desenterrar circunstancias y momentos en que había sufrido rechazo, así como la imagen de quienes lo habían ejecutado. Aparte de mi marido, no eran pocos quienes habían mirado para otro lado cuando les había convenido. Me consolaba pensar que, de entre todas aquellas personas, él no se contaba entre quienes se habían portado peor conmigo.

Curiosamente, al principio solamente había recordado una o dos de esas situaciones olvidadas, pero, a medida que la relación entre ella y mi marido se hacía más intensa, los recuerdos que afloraban a mi mente fueron aumentando y cobrando mayor nitidez.

Algunos me llevaron al jardín de infancia, donde nos habían pedido a los niños que formáramos parejas de baile y yo fui la única que no encontró compañero. La profesora bailó conmigo, pero la situación se me hizo incomodísima por lo mucho que llamamos la atención. Lo que jamás llegué a entender fue por qué la profesora nos pidió que nos emparejáramos, cuando se trataba de una clase con un número impar de niños...

O aquella ocasión en que, durante los preparativos de un viaje del colegio, mi nombre era el único omitido en la lista de reparto de habitaciones. Pensé que me lo había saltado y volví a repasar todos los nombres, pero el mío no apareció por ningún sitio. Me repetí que no había sido más que un desliz, pero no me sirvió de mucho consuelo y, finalmente, no fui. Aunque la verdad es que no fue debido a que mi nombre no estuviera en la lista de habitaciones, sino a que la misma mañana de la salida me desperté con la fiebre muy alta ocasionada por una amigdalitis.

A los quince años, quise suicidarme y me atiborré a pastillas para dormir. Lógicamente, debía de haber una razón de peso para tomar una determinación tan terrible, pero la había olvidado por completo. Lo hice porque, muy dentro de mí, guardaba la vaga idea de que algo me había molestado en grado sumo. Me desperté tras dieciocho horas de sueño, con la cabeza totalmente despejada y tan ligera toda yo que llegué a pensar que había pasado a mejor vida de verdad. El caso es que ni siquiera mi familia llegó a enterarse del abominable acto que había tratado de perpetrar.

Sin ir más lejos, ayer mismo le pedí a la peluquera

que me igualase las puntas un poco más y la única respuesta que obtuve de ella fue un gesto de contrariedad que implicaba que habría de conformarme con el corte que ya me había hecho. Era una chica bastante joven, supongo que en prácticas.

Pese a mis cautas observaciones del plano del barrio, me extravié entre calles de trazado impreciso, ablandadas por el calor, distorsionadas sus esquinas y enmarañadas sus aceras en un laberinto inextricable transitado por semblantes malhumorados y gatos callejeros que buscaban una sombra para tumbarse.

A lo lejos, sobre una interminable amalgama de tejados, despuntaba la torre de un reloj cuyas campanadas anunciaban en ese instante las dos de la tarde. El eco de su tañer se elevó entre el aire denso hasta alcanzar mis oídos.

Apenas extinguida la metálica resonancia, mi olfato captó un aroma un tanto particular, no especialmente cautivador ni tampoco desagradable, pero sí muy penetrante. Lo inspiré profundamente.

—Huele a helecho —me dije y me dejé guiar hacia su procedencia.

Me topé con una gran casa de piedra y comprobé que la cancela estaba levemente abierta. La empujé y entré sin pensármelo dos veces. Un frondoso roble proyectaba una refrescante sombra y, a medida que atravesaba el jardín, fueron descubriéndose ante mi vista las ventanas altas del edificio. No me detuve. Decidida a seguirle la pista a la fragancia de helecho, bordeé el muro orientado hacia la salida del sol.

Me encontré ante un hermoso jardín trasero con arbustos impecablemente podados y rosas trepadoras y avancé por el caminito que lo recorría hasta un manantial del que brotaban chorros de agua cristalina. Junto a este, tendido en el suelo, había un tigre.

—¿Qué ha ocurrido? —le pregunté a un anciano que acompañaba al animal, arrodillado a su lado.

—Si se acerca, lo comprenderá —contestó sin siquiera alzar la vista hacia mí.

—¿Está muerto?

—Todavía no. Ha llegado a tiempo.

Me hizo un gesto con la mano para que me acercara. Lo obedecí y justo en aquel momento comenzó a soplar una agradable brisa, animada por el gorjeo de los pájaros y el borboteo del agua. Era como si el manto de calor que asfixiaba la ciudad no hubiera llegado hasta aquel jardín.

El animal era enorme: adaptada su postura al contorno del manantial, mantenía las patas estiradas y la boca entreabierta, y respiraba con dificultad.

—¿Es un tigre?

—Sí. Se está muriendo.

De rodillas en el suelo, el anciano apoyaba sus manos sobre las extremidades delanteras del felino. Observé que lo hacía con tanta ternura que el miedo que hubiera podido sentir me abandonó por completo.

—Acérquese, señorita. No tema —me invitó.

A pesar del calor y de su vestimenta notablemente ceremoniosa —pajarita anudada al cuello, gemelos de perla en los puños y chaqueta de gran calidad—, ni una sola gota de sudor le recorría la frente, bajo el pelo blanco pulcramente engominado.

También yo me arrodillé y dejé reposar mi mano sobre la espalda del animal. El olor que había atribuido a los helechos procedía del tigre.

Lo que más me llamó la atención fue el calor que desprendía y que no dejaba lugar a dudas de que no me encontraba ante un peluche ni ante una alucinación, sino junto a un animal cuyo corazón todavía bombeaba vida y sangre a través de sus venas.

—Qué hermosura —musité—. Me cuesta creer que esté agonizando.

—¿Ha visto usted a un ser humano tan bello como este animal? —preguntó el anciano sin dejar de acariciarlo—. Yo no.

Las líneas amarillas y negras de su pelaje refulgían al sol y todo en él guardaba un equilibrio estético insuperable: desde el contraste de sus colores, la proporción de sus formas y la exclusividad de sus líneas hasta la holgada plasticidad con que su cuerpo se extendía sobre el suelo..., el culmen de la perfección. El hecho de reposar tumbado no era impedimento para que su columna vertebral conservara su elasticidad ni para que en sus garras se percibiera la potencia propia del caminar. Por otra parte, la mandíbula resultaba tan asombrosa como el tamaño de sus colmillos. En definitiva, no había nada sobrante en aquella portentosa figura, como tampoco nada que se le echara en falta.

—¿Es usted el dueño del tigre?

—Así es —replicó el anciano.

Un espasmo recorrió el vientre del animal y un gemido de náusea emergió de sus fauces. La mano con que lo acariciaba se tensó en un acto reflejo.

—Qué mal debe de estar pasándolo... —observé.

—No se preocupe. No tiene por qué tenerle miedo.

Por vez primera, el anciano se volvió hacia mí y esbozó una sonrisa.

El grosor del pelaje del tigre no me pinchaba la palma de la mano; al contrario, la acogía suavemente como en un lecho. Noté que cuanto más lo acariciaba, mayor era la intensidad con que aquel olor parecido al de los helechos se impregnaba en mis fosas nasales.

Las orejas se le aflojaron y de la boca entreabierta asomó su lengua, dejando caer un hilillo de saliva. Con las escasas fuerzas que le quedaban, arrastró levemente la cabeza por el suelo tratando de aproximar su cuerpo aún más al anciano.

—Tranquilo..., tranquilo...

El anciano le rodeó el cuello con ambos brazos y pegó su rostro a la gran cabeza del tigre.

Las rosas trepadoras temblaban ante el roce de la tenue brisa mientras diminutos insectos revoloteaban sobre el manto de césped que cubría el jardín y finas gotas de agua procedentes del manantial nos salpicaban de vez en cuando.

—¿No cree que tal vez mi presencia le moleste?

Caí en la cuenta de que podía interferir en un momento tan íntimo para el animal y su dueño.

—No diga eso —replicó él en un velado tono de censura—. Al contrario, le ruego que permanezca junto a nosotros. La necesitamos.

Los ojos del anciano me observaron con la misma expresión de afecto con que agasajaban al tigre.

La respiración del felino adoptó paulatinamente una cadencia irregular, cada exhalación acompañada por un espasmo de la garganta —lo cual me hizo reparar en las líneas amarillas y negras que se dibujaban también sobre su papada— y la lengua empezó a resecársele y a castañetearle los dientes. Violentas sacudidas recorrieron sus cuartos traseros. Lo acaricié con mayor vehemencia. ¿Qué otra cosa podía hacer, sino acariciarlo, para tratar de proporcionarle algún alivio?

El anciano permanecía inmóvil, abrazado, al cuello del animal, que abrió sus grandes ojos negro azabache y buscó con ellos el rostro de aquel. Tras encontrarlo, pareció sentirse aliviado y volvió a cerrarlos.

El cuerpo del tigre y el de su cuidador se habían fundido hasta convertirse en uno: mejilla, mandíbula, cuello y pecho, manos, garras, piernas, patas, pajarita y pelaje se fusionaban en una masa.

El tigre elevó un rugido que a buen seguro resonaría en los confines del cielo, y, poco a poco, también el calor que la palma de mi mano sentía al apoyarse sobre su pelaje fue perdiendo intensidad. El rechinar de dientes cesó y, tras un último hálito que se abrió paso entre sus fauces, una quieta calma descendió sobre nosotros.

El anciano continuó aferrado al felino sin alterar un ápice su postura y yo me incorporé en silencio, tratando de no interrumpir aquel momento que les pertenecía a ambos, y abandoné el jardín.

Introduje la llave de encendido del coche, pero no la hice girar. Me quedé contemplando inmóvil la palma de mi mano, pensando en la función que había desempeñado unos minutos antes. Giré la llave.

No encontré rastro alguno de los tomates que habían cubierto el pavimento del puente en el trayecto de ida.

Tomates rojos a la luz de la luna

Giré la llave de la habitación 101 y la puerta se abrió sumisa. Para mi sorpresa, en su interior se encontraban, tranquilamente aposentados, una mujer y un perro. Desde luego, a aquella buena señora yo no la conocía de nada, pero sin duda en la recepción del hotel acababan de darme la llave de la habitación 101. Estaba sentada en el sofá, la espalda bien derecha y las manos apoyadas en las rodillas.

—¡Disculpe! —exclamé y cerré a toda prisa la puerta para volver a comprobar el número de la habitación. No obstante, el 101 relucía grabado en la placa. Volví a abrir la puerta—. Perdone que se lo pregunte —me dirigí a la mujer con gran respeto—, pero ¿no se habrá equivocado de habitación?

La mujer no se inmutó. Ni siquiera atisbé en su rostro la menor reacción. Se limitó a continuar acariciando a su perro, un labrador de pelo negro recostado a los pies del sofá.

—¿Quién es usted? —preguntó.

Me llevé una sorpresa porque su timbre de voz

sonó mucho más juvenil de lo esperado en una mujer de su edad, y perdí la compostura durante unos instantes.

—Soy la persona a quien han asignado esta habitación —contesté.

—Lo mismo digo —replicó ella, tan campante.

—Debe de haber habido algún error por parte del hotel. Será mejor que llamemos a recepción. ¿Le importaría mostrarme su llave?

—¿Qué llave?

La mujer ladeó la cabeza y su vista se perdió en algún punto lejano, como si le hubiera preguntado por un complejo término médico.

—La llave —insistí con impaciencia. La noche anterior no había pegado ojo, acuciado por los plazos de entrega, y, por si fuera poco, me había pillado un buen atasco en mi trayecto hasta allí. Así que estaba agotado y solo deseaba darme una ducha caliente y acostarme—. ¿Le importaría enseñármela? En principio, debería ser una llave igual a la mía.

—¡Ah! ¡Claro, la llave! Perdóneme. Vaya..., pues parece que no la encuentro. Estaba convencida de que la había dejado allí mismo...

Señaló la cómoda, pero no hizo ademán alguno de incorporarse. Mantenía la misma postura que cuando había abierto la puerta, como si fuera una muñeca a la que hubieran colocado en el sofá. El labrador bostezó y movió la cola.

Desde luego, había acertado al compararla con una

muñeca: era menuda y de tez muy blanca, y llevaba el pelo cortado a tazón. Tanto sus finas manos como sus dedos y pantorrillas tenían una delgadez exquisita, y, en general, cada una de las partes de su cuerpo parecía elaborada con un tipo de materia especial.

—¿Cómo ha entrado? —pregunté abiertamente.

—Por la terraza. —Dejó de señalar la cómoda y apuntó hacia la ventana.

En un día de sol intenso como aquel, los haces de luz que se filtraban a través de la ventana eran tan fuertes que resultaba doloroso a los ojos. El césped del jardín, rociado por el riego de los aspersores, brillaba en un caleidoscopio de destellos y, desde más allá, se oía el jolgorio de los niños en la piscina. Por detrás de esta, alcanzaba a divisarse el mar calmo. Los pájaros se posaban en las tumbonas desplegadas a lo largo de la terraza y enseguida alzaban de nuevo el vuelo.

—Vi que la ventana estaba abierta y, puesto que soplaba una brisa tan agradable..., ¿qué sentido tenía dar toda la vuelta para entrar por la recepción? ¿No le parece mucho más cómodo entrar desde la terraza?

—Sí, desde luego que sí. Pero me temo que se ha equivocado de habitación, porque esta es la mía. —Lancé mi bolsa de viaje a la cama con decidida agresividad.

—¿No me diga? Pues ahora mismo me marcho. —Tomó un pequeño paquete envuelto en un pañuelo de seda, se lo puso bajo el brazo y tiró de la correa del labrador. Al incorporarse, su pequeña estatura resultó aún más evidente. El labrador se desperezó con un temblequeo brusco y se pegó a la pierna izquierda de la mujer.

Apenas abrí la puerta, me percaté de que las siluetas de ambos se alejaban ya por la terraza con pasos sigilosos, ni siquiera las tablas de madera de la terraza emitieron el más leve crujido bajo sus pisadas. No tardaron en desaparecer de mi vista, mezclados sus contornos con los deslumbrantes haces de luz solar. Bajé entonces la mirada y reparé en algunas briznas de pelo negro al pie del sofá.

A la mañana siguiente me levanté temprano y conduje hasta el extremo del cabo para tomar una serie de fotografías del amanecer. Después di una vuelta por el mercado de pescado y, tras tomar algunas notas y más fotografías, me dirigí de nuevo al hotel. Al acceder al aparcamiento, reparé en la misma mujer del día anterior.

Permanecía inmóvil frente a la puerta trasera de la cocina del hotel. Sujetaba el mismo paquete envuelto en el pañuelo bajo uno de sus brazos mientras que en el otro llevaba una cesta llena de algún tipo de fruta. Junto a ella se encontraba su fiel labrador.

Detuve el coche, doblé el mapa y lo metí en la guantera. Asumí que lo más razonable era salir del aparcamiento fingiendo no haberla visto.

De hecho, no la conocía de nada, así que, como mucho, intercambiaríamos saludos al cruzarnos. Y tampoco sentía la obligación de ir a saludarla. Y sin embargo, no me fue posible largarme de allí sin más.

La dichosa mujer había estimulado mi curiosidad hasta el punto de no poder apartar mis ojos de ella y decidí quedarme un rato allí, guarecido dentro del coche, observándola. Había algo fascinante en aquel aire suyo inclasificable y alejado del del turista medio que me hizo incluso plantearme la idea de pedirle que formara parte de mi reportaje. ¿Por qué no? Por otro lado, también podía ser que mi curiosidad se debiera a un motivo más primario: la limpia e inocente mirada con que los ojillos del labrador miraban a la anciana, ardientes de deseo de entender qué se traía su dueña entre manos.

—Acepte este insignificante obsequio, se lo ruego —insistía ella, tratando de entregarle la cesta a un hombre que debía de ser uno de los cocineros del hotel—. Yo misma los he recogido de mi huerto y le garantizo que son de primera calidad. ¡De cultivo orgánico! Y, claro, ¿qué voy a hacer con tal cantidad de tomates? Si al menos pudieran ustedes aprovecharlos y darles un buen uso...

Así que eran tomates. En la expresión del cocinero se entreveía el malestar que le causaba el dilema de rechazar su obsequio o aceptarlo de mala gana. Ella, indiferente a la vacilante actitud del cocinero, le daba ligeros pero insistentes empellones con la cesta en el vientre, como para forzarlo a que la cogiera.

Al pobre hombre no le quedó finalmente más remedio que tomar en sus manos aquella cesta repleta de tomates, más que nada por quitarse de encima a la buena mujer.

—No se apure. Ya ve que me sobran tomates. Así que no tiene por qué darme las gracias —recalcaba ella con una sonrisa de oreja a oreja—. En absoluto.

Se despidió y, con el labrador siguiéndola a su vera, atravesó el aparcamiento zigzagueando entre los vehículos estacionados, en dirección a la costa. En ningún momento miró hacia donde yo me encontraba.

El comedor estaba abarrotado de grupos de jóvenes y familias con niños, cuyo griterío, unido al golpeteo de la vajilla, conformaban la sintonía que amenizaba cada comida. A lo lejos, el mar se dejaba contemplar con nitidez a través de los inmaculados cristales de las ventanas.

En cuanto a la decoración del comedor, lo más llamativo era la gran lámpara de araña con forma de concha que colgaba del alto techo, y el detalle, no especialmente relevante, de que el color azul de la moqueta hiciera juego con el de los manteles. Más allá del aspecto decorativo, uno se encontraba, dispersa por todas partes, la arena que los comensales habían arrastrado con sus chanclas desde la playa.

El camarero me guio hasta una pequeña mesa redonda semioculta tras una columna. Me senté y pedí café, dos tostadas, tortilla, beicon y ensalada. Las tostadas llegaron crujientes y bien calientes, el beicon en su punto y el café con el aroma intenso que uno espera de una buena taza de café.

Sin embargo, la tortilla se me antojó aguada, sin duda por el exceso de tomate fresco empleado en su elaboración. Pese a que había pedido una tortilla francesa, me habían traído una bien provista de tomate fresco picado. Eché un vistazo a la ensalada y vi que también le habían puesto mucho tomate.

Me comía la tortilla distraídamente, preguntándome si serían los tomates que aquella misma mañana le había entregado la mujer al cocinero del hotel, cuando una voz me sacó de mi ensimismamiento:

—¿Este sitio está libre?

Ante mí, como salida de la nada, se encontraba la mujer de siempre. Esbozaba una sonrisa llena de familiaridad, y sostenía contra su pecho el paquete envuelto en el pañuelo. No podía faltar el labrador, cuya correa llevaba ella enrollada en la muñeca.

El sobresalto hizo que me atragantara y la subsiguiente tos me impidió darle una respuesta. Ni corta ni perezosa, la buena señora tomó asiento ante mí y depositó el paquete sobre sus rodillas.

—Tome un trago de agua. Le vendrá bien —recomendó y empujó hacia mí el vaso de agua que había sobre la mesa. A continuación, añadió—: Discúlpeme por la intromisión de ayer.

El labrador se acomodó bajo la mesa.

—No se preocupe —me las arreglé para contestar, todavía en alto la mano con que sostenía el tenedor.

—Espero que no se lo tomara a mal.

—No, en absoluto. Todos cometemos errores de un modo u otro.

—Si es así, me quita un verdadero peso de encima.

Llegados a tal punto, nuestro diálogo quedó interrumpido. Yo no tenía nada más que comentar al respecto. Para sobrellevar el repentino silencio, me concentré en mi ensalada, a sabiendas de que la mujer se mantenía impertérrita en su sitio, observando cada uno de mis movimientos.

Le dio por toquetear un azucarero y, entonces, reparé de nuevo en sus dedos, tan finos y frágiles que bastaría apretárselos ligeramente para que se le quebraran. La delgadez de sus hombros quedaba impresa de manera patente en el tejido de la blusa, bajo cuyo cuello se entreveían los extremos de las clavículas.

Una vez más, fue ella quien tomo la iniciativa:

—¿Está de vacaciones?

—No. He venido por trabajo.

—¿No me diga? ¿Qué tipo de trabajo?

—Estoy escribiendo un reportaje sobre este hotel para una revista femenina.

—¡Qué maravilla!

Mientras yo seguía llevándome a la boca porciones de ensalada y el buen humor de la mañana iba diluyéndose, la mujer se entretenía haciendo girar el azucarero entre los dedos o doblando una y otra vez una servilleta de papel, que luego dejó sobre la mesa.

—Veo que el camarero no viene a tomarle nota —observé.

—No tiene importancia. Por favor, no se preocupe por mí.

Volvió a coger la servilleta y continuó doblándola sin despegar la vista de mí.

—Yo me ocupo —insistí e hice ademán de llamar al camarero.

Rauda, se inclinó ella hacia delante para impedírmelo.

—No, no lo haga. No pasa nada por no desayunar.

Sus dedos llegaron a tocarme y en ellos noté un tacto gélido. Decidí aceptar su negativa y volví a concentrarme en la ensalada.

—¿Qué le parecen esos tomates? Buenos, ¿verdad?

Asentí con la cabeza.

La mujer soltó una risita contenida.

—No se lo va a creer, pero yo misma los he traído al hotel.

Había dejado la tortilla a medias y lo que quedaba en el plato era un descorazonador panorama de trozos de tomate mezclados con la amarillenta masa procedente de los huevos.

—Lo sé.

Estaba deseando largarme de allí cuanto antes, de

modo que me afané en limpiar el plato y tragar, sin apenas masticar, lo que quedaba de tortilla.

—Los recogí yo misma —añadió, incansable—. Estaban todos desperdigados por el pavimento del puente.

Fingí no haberla oído y continué dando cuenta del desayuno. El cuchillo chocaba con el plato produciendo un desagradable restallido.

—Verá usted, un camión que transportaba tomates se estrelló y volcó al quedarse su conductor dormido, de manera que todo su cargamento acabó rodando por el suelo. ¡No se imagina usted qué espectáculo! ¿Cómo iba nadie a resistirse a recogerlos? El conductor falleció en el acto aplastado por la cabina. Una parte de él quedó hecha picadillo, como un puré de tomate.

Por fin, me comí el último bocado de tortilla. Solté el tenedor y el cuchillo sobre el plato y, sin tiempo que perder, me limpié los labios con aquella servilleta doblada una y otra vez. Luego hice un gurruño con ella y la dejé en el centro de la mesa.

—En fin, gracias por todo. Ahora, con su permiso... —dijo la mujer tan educada como precipitadamente y, tras incorporarse de la silla, cruzó en un santiamén aquel comedor atestado de gente y salió.

Ningún camarero se acercó a tomar nota.

A lo largo de la mañana, el subdirector del hotel me acompañó a fotografiar los tres tipos de habitación disponibles: la normal, la *premium* y la *suite*. También fotografié balcones, armarios, neveras, cuartos de baño, botellitas de champú y gel de ducha, pantuflas a disposición de los clientes..., todo aquello que se me pusiera delante, en definitiva, mientras el subdirector elogiaba incansable las virtudes del hotel, destacando de paso su comodidad y belleza sin igual.

Por la tarde, con el propósito de seguir recabando información para mi reportaje, puse rumbo a la playa y, al toparme con un letrero con forma de delfín y cuyas letras en azul celeste anunciaban: «Playa del delfín», detuve el coche, seguro de haber llegado a mi destino.

Un paisaje de hileras de sombrillas, pequeños puestos de comida y duchas surgió ante mis ojos, y más allá, en dirección este, el cabo que ya había visitado antes extendía su brazo de tierra mar adentro. Un ferri había atracado en el pequeño embarcadero.

—Perdona, ¿cuándo sale el siguiente ferri para ver los delfines? —pregunté a la joven dependienta de un puesto de helados.

—¿Cómo? —replicó la muchacha. El gesto de fastidio que se dibujó en su rostro sugería que acababa de hacerle una pregunta tan obvia que responderme no era más que un gasto inútil de energía por su parte.

—El de los delfines, me refiero... —insistí elevando algo el tono de voz—. Esos que crían en alta mar, en un recinto preparado con redes. Mira, aparece también indicado aquí, en este folleto.

—Se han muerto —contestó al tiempo que preparaba un sorbete de limón—. Los tres que había.

Respiré hondo y me reacomodé sobre el hombro la pesada bolsa de material que había traído conmigo. Volví la vista al ferri del embarcadero: apenas quedaba nada de las letras «D» e «i» del letrero del casco que rezaba «Delfín», y una capa de algas se extendía por la cadena que unía el ferri al embarcadero.

Después de tomarme un par de whiskies en el bar del hotel, salí a dar un paseo por la zona trasera. Contemplé la subyugante imagen de una luna llena y dorada, tan etérea que parecía a punto de derretirse sobre mi cabeza.

Las pistas de tenis y las instalaciones de tiro con arco estaban completamente vacías. Una cortina ocultaba la ventanilla de la recepción e incluso habían apagado las luces. En el suelo había una muñequera que alguien habría perdido.

Caminé por el campo de minigolf y subí una colina convertida en viñedo. La luna alumbraba mis pasos con su lívida luz. El calor del día se había apaciguado y no soplaba ni la más ligera brisa.

En la cima de la colina, habían instalado un invernadero y un telescopio. Decidí descansar un poco y me senté en un banco de madera. El mar parecía dormitar. Por supuesto, no había nadie bañándose a esas horas.

De pronto, escuché unas pisadas sobre la hierba, acompañadas de un áspero sonido de roce de ropa y del tintineo metálico de una hebilla. No me hizo falta volver la cabeza para saber de quién se trataba.

—Buenas noches —saludó la mujer.

—Buenas noches —repliqué.

Se sentó a mi lado alojando su menudo cuerpo en el nimio espacio que quedaba libre. El labrador se tumbó a sus pies mientras ella se acomodaba aquel bulto envuelto en el pañuelo sobre las rodillas.

—¿Cómo va el trabajo?

—No me quejo, pero...

—¿Qué es exactamente lo que usted debe escribir sobre el hotel? —preguntó. Ladeó la cabeza y clavó su mirada en mí. Llevaba una blusa y una falda muy sencillas, y no se adornaba con ningún complemento, pese a que la correa roja del labrador enrollada a la muñeca hacía, en cierto modo, las veces de pulsera. Sus mejillas eran blancas como la nieve y en el rabillo de los ojos se le acumulaba una considerable cantidad de arrugas. Sus dedos, de uñas pulcramente cortadas, se afanaban en mantener bien sujeto sobre sus rodillas el bulto del pañuelo.

—Apenas haya puesto un pie aquí, se sentirá usted desbordada por la sensación de hallarse en un auténtico paraíso natural —recité—. Las magníficas vistas al océano de las que podrá disfrutar desde el balcón de cada una de las habitaciones de estilo mediterráneo no tienen parangón, como tampoco lo tiene un servicio dispuesto a atenderla siempre con una sonrisa. Encontrará en todos los detalles, desde el jabón hasta las toallas, la más alta calidad y el mayor de los cuidados, y por tanto la máxima satisfacción, y la blanca arena de la playa, situada a medio minuto a pie, y la tranquilidad de las aguas le proporcionarán un entorno espléndido para acudir en familia. Además, tendrá la oportunidad de nadar junto a los delfines que criamos en alta mar. —Me detuve para tomarme un respiro—. En fin, algo así, no muy diferente de lo que podría decirse de cualquier otro hotel de la costa. Aunque..., según tengo entendido, ya no hay delfines.

Propiné un ligero puntapié a un pedazo de tierra. El labrador estornudó. Su negro pelaje se mezclaba con la oscuridad circundante.

—Así es —confirmó la señora—. Sufrieron una infección pulmonar que acabó con todos ellos. Algún tipo de virus o bacteria parasitaria muy agresiva.

Deslizó su mirada hacia el horizonte marino. La luz pálida de la luna iluminó su rostro de perfil.

Se produjo una pausa en la conversación y mis sentidos se recrearon en el rumor amortiguado de las olas, cuyo suave eco parecía sernos devuelto desde la lejanía de la bóveda celeste.

—¿Puedo preguntarle por qué siempre viene a hablar conmigo?

En cuanto hube formulado la pregunta, caí en la cuenta de que tal vez era un tanto impertinente.

—¿Le he molestado, quizás?

—Nada de eso —negué con la cabeza—. Disculpe que se lo haya preguntado así.

—Usted se parece mucho a una persona que me salvó la vida —dijo y se recogió el pelo blanco tras sus pequeñas orejas—. Sucedió hace casi treinta años. Fue un día en que cayó una gran nevada. Me perdí. A mi alrededor solo veía nieve, nada que pudiera servirme como punto de referencia. Fue terrible. Se hizo de noche, una noche tan silenciosa como esta. Si ahora mismo se pusiera a nevar como en aquella ocasión, sería para mí como retroceder treinta años atrás.

Como si asumiera que la nieve pudiera hacer acto de presencia en cualquier momento, elevó la mirada hacia el cielo nocturno. No había copos de nieve, sino un firmamento plagado de estrellas titilantes y una luna llena.

—De haberme encontrado sola, me habría rendido y sucumbido a las circunstancias, pero me acompañaba mi hijo de solo diez años. De manera que no podía dejarme morir allí. Por él, debía encontrar la manera de salir de aquella trampa.

—Sí, lo comprendo.

—¿Tiene usted hijos?

—Sí, uno de diez años —contesté.

—¡Qué casualidad!

—Pero no he vuelto a verlo desde los tres años, la edad que tenía cuando me divorcié. Mi esposa no me permite verlo.

—Vaya...

Nos quedamos en silencio, rodeados tan solo por el sonido del mar.

—Habíamos visitado el zoo —prosiguió—. Era un día tan frío que no nos cruzamos con nadie, ni en el zoo ni en el camino de regreso. Recuerdo perfectamente el abrigo que llevaba mi hijo y el dibujo de sus guantes. Recuerdo también que me preguntó por qué el cuello de las jirafas era tan largo y me dijo que le parecía irrazonable. ¿Se lo imagina? Con solo diez años, mi hijo utilizó la palabra «irrazonable», tan impropia de un niño de esa edad.

—¡Qué niño tan inteligente!

—Así es. ¡Era todo un orgullo para mí! El caso es que empezó a nevar cada vez con mayor intensidad. Teníamos el estómago vacío y apenas podíamos avanzar. El agotamiento empezó a apoderarse de nosotros. Pero mi hijo no lloró. Miraba siempre al frente y se asía a mi mano con firmeza, resistiéndose con todas sus fuerzas a perder lo más importante para él.

Contempló la palma de su mano como si, al hacerlo, pudiera recuperar el tacto de su hijo.

—Cuando todo parecía perdido, surgió un coche en medio de la nada, de repente, y se detuvo ante nosotros, casi como si fuera una acción planeada de antemano. «Los llevo a su casa», ofreció el conductor con la misma entonación educada que usted suele también mostrar.

—¿Tanto se parecía a mí?

—Muchísimo. Lo pensé en el mismo instante en que abrió la puerta de la habitación 101. Su mirada, el corte de pelo, la línea que le baja desde la nariz hasta la barbilla. Es usted idéntico en todo.

La mujer deslizó su dedo índice sobre mi perfil. Me quedé completamente inmóvil. Noté el cosquilleo gélido de aquel fino dedo que parecía no tener la intención de despegarse de mi rostro.

Aquella noche tuve una pesadilla. Millones de parásitos se retorcían, horadando el tejido pulmonar de los delfines, temblando todos juntos cada vez que los delfines tomaban aire, en un acompasado movimiento semejante al de los finos dedos de la mujer al recorrer el contorno de mi rostro. La sangre brotó a borbotones por los orificios de los pulmones, manchándolo todo alrededor.

Me sentí reconfortado al notar sobre mi piel el frescor del agua de la piscina. No era de extrañar, puesto que acababan de anunciar por la radio que ese día se alcanzarían las máximas temperaturas del verano.

Cerca de la terraza del comedor, aguardaba una congregación de gorriones, al acecho de migas de pan sobre las que abalanzarse, mientras la playa iba adornándose con los colores de las sombrillas que se abrían como capullos en flor.

Me dediqué a hacer largos de piscina, nadando al

estilo crol, acompañado de la imagen de un delfín de color azul que decoraba el fondo.

Cada vez que ladeaba la cabeza para tomar aire, me entraba por los ojos un fuerte destello procedente del invernadero que coronaba la colina, que refulgía con el intenso sol matutino.

Perdí la cuenta del número de largos que hice. Una vez superados los cuatrocientos metros de recorrido a nado, se me había ido el santo al cielo, como quien dice. Pero me había propuesto nadar hasta quedar agotado, de modo que aquel delfín de ojos redondos y alegres y empinada aleta caudal continuó observándome desde el fondo durante un buen rato más.

Por fin, me acerqué al borde de la piscina, y apenas había sacado la cabeza fuera del agua, oí una voz familiar:

—¡Qué buen nadador es usted! Ya empezaba a preguntarme si iba a continuar por toda la eternidad —exclamó la mujer desde una de las tumbonas, haciendo ostentosos gestos con los brazos—. Aparte de crol, ¿qué otros estilos se le dan bien?

La sombrilla bajo la que se encontraba junto al labrador proyectaba una sombra que se me antojó más oscura que las del resto de las sombrillas. Un camarero con una bandeja repleta de bebidas pasó entre ella y yo. Entonces, me percaté de que ella llevaba la misma blusa y falda de la noche anterior.

Por complacerla, completé seis largos de braza y cuatro más de espalda. Sus aplausos se tornaban más efusivos en cada ocasión e incluso el labrador parecía entusiasmado.

—¡Magnífico! ¡Es usted todo un atleta olímpico!

Ajenos a nosotros, los niños, equipados con manguitos y flotadores, alborotaban con su griterío y sus juegos. Tampoco nos prestaban la más mínima atención las mujeres untadas en protector solar que tomaban el sol en bikini ni los hombres que leían el periódico, apoltronados en sus tumbonas. Por supuesto, nadie más que ella (y, a su modo, el labrador) elogiaba mis evoluciones en el agua.

—Solo le queda nadar mariposa —observó—. Pero creo que no es un estilo precisamente fácil, ¿verdad?

—¿Que no? Observe.

Y me lancé a hacer unos cuantos largos más de estilo mariposa. Aparentemente molestos por el agua que salpicaba, los niños fueron apartándose hacia el borde. De nuevo, cada vez que tomaba aire, el invernadero destellaba, acompañado por el eco sordo del bullicio de la gente en mis oídos, que desaparecía en cuanto volvía a sumergir la cabeza.

—¡Bravo! ¡Bravo!

Puesta en pie, la mujer pataleaba e incluso silbaba. A su lado, el labrador agitaba la cola, tratando de apuntarse a la celebración.

La primera planta de un edificio anexo albergaba una biblioteca con vistas a un patio interior. Sofás, mecedoras y pupitres con luz conformaban un equilibrado ambiente rubricado por magníficas estanterías repletas de libros.

Todos los libros atesorados en aquellos estantes eran antiguos: obras completas de autores clásicos, antologías de poesía, enciclopedias botánicas, libros de ilustraciones, de recetas de comida rural americana, de magia negra del siglo XIII, diccionarios de inglés para los negocios... Algunos ejemplares presentaban descosidos mientras a otros se les había borrado la inscripción del lomo.

—Mantenga el mentón un poco más elevado y gire la cabeza levemente hacia la izquierda —le dije.

—A ver qué tal salgo... No sé, no sé. Por si acaso, me he pasado el peine —comentaba la mujer mientras se toqueteaba el pelo con una mezcla de aprensión e irrefrenable emoción.

—No tiene por qué preocuparse. Es usted toda una modelo.

Presioné el disparador de la cámara.

El sosiego imperante en la biblioteca contrastaba con la algarabía dejada atrás en la piscina. De hecho, la sala estaba vacía: no era, desde luego, una atracción turística.

Un haz de luz penetraba por la claraboya hasta posarse sobre los pies de la mujer y el lomo del labrador, inevitablemente situado junto a ella, casi como si fuera una parte de su cuerpo. De vez en cuando, las cortinas de encaje se mecían suavemente al suave roce del aire que se colaba por alguna rendija.

—No fuerce el gesto. Muéstrese lo más natural posible, como si estuviera leyendo —le indicaba yo, y ella reaccionaba con buena disposición.

«No deje pasar la oportunidad de gozar de una apacible sobremesa en la biblioteca, rodeada de serenidad y magníficos volúmenes.»

Mientras seguía sacando fotos, me venían a la cabeza distintas ideas para los textos que habían de acompañarlas. Decidí consultar más tarde con el subdirector el número exacto de ejemplares antiguos guardados allí.

—Mire, si pudiera dejar a un lado ese bulto que siempre lleva encima...

Ciertamente, incluso con un libro entre las manos, la buena señora no se separaba un instante de aquel paquete envuelto en un pañuelo, que, una vez más, reposaba sobre sus rodillas.

—Lo siento, pero no —dijo, negando también con un movimiento de cabeza.

—No sufra, yo se lo guardaré...

Alargué la mano para coger el bulto, pero ella reaccionó de inmediato, protegiéndolo entre sus brazos e incluso dándome la espalda, como si su interior albergase un auténtico tesoro. Por primera vez, el labrador me ladró.

—Oh, perdón —me disculpé sin demora.

—Está bien. No se preocupe.

El súbito ladrido del can todavía reverberaba en el espacio de la sala, como intensificado por la claraboya.

—Bien, prosigamos —dije, tratando de restar gravedad a mi aparentemente inoportuna petición—. Ya nos queda poco para terminar. Temo haberla cansado un poco con tanto ajetreo fotográfico.

—¡En absoluto! De hecho, me encantaría seguir un rato más —admitió, y enseguida recuperó la pose indicada por mí.

La mujer se me antojaba aún más menuda cuando la observaba por el visor de la cámara.

—¿Por qué nadie visita la biblioteca?

—Supongo que lo que menos buscan los turistas es paz y tranquilidad.

—Pero, fíjese, la sala de por sí es espléndida.

—Por cierto, ¿qué le parece si pedimos que nos traigan unas bebidas?

—No, no piense en eso ahora. Disfrutemos de este rato un poco más.

La sombra de los árboles del jardín interior se colaba por las ventanas, dibujando en el suelo animadas siluetas elaboradas y delicadas. Inspiré profundamente. Una fragancia a libro antiguo penetró en mis fosas nasales. El labrador dormitaba.

—Qué cálido era el interior del coche.

Comprendí al instante que la mujer deseaba seguir hablándome de aquella ocasión en que se extravió con su hijo en medio de una tormenta de nieve.

—Qué acogedores los asientos y agradable la música de la radio, en aquel confortable espacio interior desde el cual nos convertimos en simples espectadores de la inclemente batalla librada allá fuera por las condiciones climáticas. Parecía un refugio concebido para proporcionarnos cobijo a mi hijo y a mí.

—Me alegro de que allí se encontrara cómoda y a salvo con su hijo.

—Así es. Mi hijo debió de sentir por fin que habíamos dejado atrás el peligro porque fue aflojando la presión de su mano sobre la mía hasta soltarla, y tímidamente comenzó a toquetear el botón de cierre de puertas, a oler el cuero de la tapicería y a limpiar el vaho de las ventanillas. Era todavía raro en aquella época que las familias dispusieran de vehículo propio.

—¿Y qué me dice del conductor que tanto se parecía a mí? ¿Qué tipo de persona era?

—No sabría decirle... —replicó la anciana con pesadumbre—. Por deferencia, le pregunté su nombre. Pero no me contestó. Tampoco llegué a conocer su profesión ni domicilio, ni qué asunto le había llevado a pasar por aquella carretera en tan adversas condiciones. De lo que no me cabe duda es de lo mucho que se parecía a usted. Incluso sus dedos eran iguales. Los recuerdo ahora como si los tuviera delante, apoyados sobre el volante. Piense que apenas miré otra cosa durante el trayecto.

Dirigí la vista hacia mi mano, que reposaba sobre el estuche en que guardaba los carretes fotográficos. No observé nada especial en mis dedos.

La dirección del viento cambió y hasta nosotros llegó el murmullo distante de la piscina, con remotos ecos que parecían más un simple engaño de los oídos que un sonido real. Los libros que cubrían las paredes de la sala creaban un colchón protector de serenidad que nos aislaba del alboroto exterior.

—Su hijo entonces era muy espabilado. ¿A qué se dedica ahora? —pregunté.

—Por desgracia, no lo he vuelto a ver desde que tenía doce años. No sé qué habrá sido de él —contestó la mujer mientras manoseaba el nudo del pañuelo, desgastado por diversos lugares y con la suciedad derivada del constante sobeteo—. No era hijo mío, sino de mi marido. De su anterior matrimonio. La verdad es que nunca he tenido un hijo propio.

El labrador entreabrió los ojos, se rascó detrás del cuello con una pata trasera, haciendo tintinear la hebilla de la correa contra el collar, y volvió a conciliar el sueño.

—Supongo que debe de tener su misma edad.

—En ese caso, es como si yo fuera su benefactor y, al mismo tiempo, su hijo.

—Algo así.

La señora esbozó una sonrisa y un conjunto de pliegues se asomó a la piel de su rostro. Era una sonrisa agridulce.

El cansancio derivado de la natación de aquella mañana cayó por fin sobre mí, produciéndome una fuerte sensación de modorra. Al menor descuido, yo también caería dormido.

—¿Puedo preguntarle qué guarda usted con tanto celo en ese paquete? —me atreví a decir. La pregunta llevaba ya un buen rato rondándome la cabeza—. Debe de tratarse de algo muy importante para usted.

—Es un manuscrito —dijo, apretándose el bulto contra el pecho.

—Puede estar tranquila. No tengo intención de arrebatárselo.

—Bien. Pero toda precaución es poca. He de andarme con mucho cuidado.

—Pero ¿a qué se refiere exactamente con eso de «un manuscrito»?

—Verá usted. Soy escritora. Un manuscrito, este manuscrito, son las páginas que llevo escritas de mi nueva novela. Si me lo robasen, no habría manera de recuperar su contenido tal y como lo he dejado escrito —explicó la mujer—. Me entiende, ¿verdad? Por ello, no me queda más remedio que llevarlo siempre conmigo.

—Así que de eso se trata. Claro, más vale ser precavido...

—Veo que usted sí me entiende. Se nota que se dedica a escribir.

—Por supuesto que la comprendo. Aunque..., créame: mis manuscritos no son nada del otro mundo. Entonces, ¿escribir es lo que la ha traído a usted aquí?

—Más o menos...

Desde el jardín, el pequeño tumulto ocasionado por el canto de las cigarras fue amainando hasta quedar en silencio y la luz de la claraboya fue desplazándose con el paso de la tarde hasta ser solo visible en un extremo de la sala, dejando oculto en las sombras el lomo del labrador.

—En cuanto salgo de la habitación donde trabajo, puede colarse cualquier amigo de lo ajeno y robarme el manuscrito —prosiguió la mujer.

—¿De verdad lo cree?

—Sí, sí. Le pondré algún ejemplo. Un día fui al supermercado, que no está muy lejos, y a la vuelta me encontré con la lámpara de la mesita desplazada de su posición habitual. ¿Qué le parece? Y me percaté de que alguien había hojeado los folios que había dejado sobre la mesa. Al día siguiente, al regresar después de pasear al perro, la goma de borrar estaba en el suelo y me faltaba un papel secante. A partir de entonces, cada vez que volvía a casa, me encontraba con algún indicio de alguien que había entrado. ¡Horroroso! Pero un día caí en la cuenta de que aquel no era un ladrón normal y corriente, sino alguien que quería apoderarse de mi novela.

El discurso de la mujer fue adquiriendo una mayor celeridad y los dedos que manoseaban el nudo del pañuelo también ejercían más presión, pero este no cedió: sin duda era un nudo hecho a conciencia.

—Al poco tiempo —continuó—, una mujer algo chepuda y con gafas sacó una novela idéntica a la mía. No solo la historia era la misma, sino también los personajes e incluso el título. ¿Se lo imagina?

Me quedé en silencio y asentí con la cabeza.

—Y tuvo el descaro de conceder entrevistas como si fuera la auténtica autora. «Con esta novela me he atrevido a tirar por la borda todo lo que había creado hasta ahora para empezar desde cero.» ¡Habrase visto!

Llena de rabia, chascó la lengua, cuya punta pude ver entre sus labios durante una fracción de segundo. Era sorprendentemente roja, cosa que me hizo pensar en los tomates del día anterior.

—De manera que no salgo de casa sin mi manuscrito. Lo llevo conmigo a todas partes. Sé que puede estar en el punto de mira de más de uno. Ochocientas páginas escritas, y todavía me faltan doscientas para terminarla.

La mujer se acercó el paquete al rostro y frotó sus mejillas contra él, produciendo con cada roce un sonido áspero. Vi que el pañuelo estaba tan cubierto de manchas que resultaba imposible adivinar su color original y que había perdido por completo la suavidad propia de la seda. Para rematar aquella triste imagen, un mísero ribete de hilos sueltos colgaba de cada lado.

—Es decir, que este bulto es su novela —comenté, logrando desviar mis ojos del pañuelo.

—Así es.

La mujer se puso en pie y, sin un atisbo de vacilación, dio unos pasos hacia una de las estanterías y extrajo de ella un volumen tan desvencijado como el pañuelo. *Una tarde en la pastelería* era su título. Lo leí en voz baja. Era más bien delgado y la cubierta estaba toda doblada y carcomida.

—Esta novela la escribí yo. De algún modo, se libró de las manos de los ladrones —señaló la mujer, henchida de orgullo.

Me encerré en mi habitación hasta las siete y media para escribir el reportaje y, tras una llamada telefónica a mi editor, bajé al comedor a cenar. Pedí una bullabesa, una ensalada de nabo y una cerveza.

Numerosas familias disfrutaban de carne a la parrilla en la terraza y, más allá, la superficie del agua de la piscina temblaba pese a la falta de viento.

Me figuré que la mujer se presentaría ante mí en cualquier momento, de modo que dejé libre para ella la silla desde la que mejor se contemplaba el mar y retiré otra de las sillas para que el labrador tuviera espacio donde tumbarse.

No había tomates en la ensalada. Pedí otra cerveza y apuré la bullabesa hasta la última cucharada. Finalmente, no apareció...

Después de anochecer, me acerqué a la biblioteca y cogí el viejo ejemplar de *Una tarde en la pastelería*. Trataba de una mujer que acude a una pastelería a comprar una tarta para celebrar el cumpleaños de su hijo fallecido. Eso era todo. Lo leí dos veces. Pese a que debía terminar de escribir mi reportaje, me dieron las tres de la madrugada en la biblioteca.

No había nada particularmente interesante en el estilo. Tampoco en los personajes ni en el contexto en que se desarrollaba la historia. No obstante, tenía cierto mérito: se leía como quien experimenta la caricia de una brisa fresca. Más aún, me produjo la sensación de que sus palabras eran como una cascada que se filtraba y calaba en mi interior, renovándome.

Las solapas de la cubierta incluían una foto de la autora, acompañada de una nota biográfica. Fecha de nacimiento, historial académico, obras principales publicadas. Se señalaba también el año 1997 como la fecha de su muerte.

Volví a mirar la foto. La mujer retratada llevaba gafas y posaba ligeramente encorvada. No guardaba parecido alguno con la mujer que yo había conocido allí.

Antes de meterme en la cama, saqué la foto de mi hijo que guardaba en el billetero. En ella, aparecía sentado ante una gran tarta, el día de su tercer cumpleaños. La tomé yo mismo. Sujetaba con una mano un muñeco que era una especie de monstruo, regalo de cumpleaños, y, con los labios en forma de «o», se disponía a soplar las velas.

Las esquinas de la foto estaban desgastadas por el roce, pero ya no podría añadir ninguna nueva imagen a la colección de fotos de mi hijo, así que tendría que conformarme.

—Pronto cumplirás once años, ¿verdad? —dije en voz alta, pero, claro está, mi hijo no contestó. Tenía puesta toda su atención en apagar las velas.

Desde que mi mujer y yo nos separamos, nunca olvidé la edad exacta de mi hijo. Por desgracia, eso no hacía las cosas más fáciles para mí.

—¡Hoy podrías empezar con unos largos a espalda! —propuso la mujer, elevando la voz desde su tumbona.

—¡De acuerdo! —acepté desde la piscina.

Era un día tan soleado como el anterior, sin rastro de nubes sobre un cielo raso y azul. La mujer agitaba una de sus manos hacia mí mientras con la otra asía con fuerza el bulto del pañuelo.

Aunque no era el estilo que mejor se me daba, me las ingenié para nadar cien metros a espalda.

—¡Qué imagen tan magnífica ofrece cuando tensa el mentón de esa manera! —gritó ella sin preocuparse en absoluto por las personas que descansaban alrededor. De todos modos, lo que hiciéramos o dejáramos de hacer no parecía interesarles lo más mínimo a los turistas del hotel.

El labrador seguía también mis evoluciones en el agua sin perderse detalle y con expresión de preguntarse cómo se las arreglaría él para poder nadar así.

—¡Bien! ¡Ahora toca braza! ¡Cuatrocientos metros!

—¿Cuatrocientos metros?

—Sí, es que quiero verle muchas veces haciendo el giro.

El fondo de la piscina reflejaba el intenso sol en cientos de chispas destellantes mientras yo proseguía mi obstinada marcha a braza y veía pasar ante mis narices una multitud de piernas bien torneadas, un ejército de flotadores y una colorida colección de gafas de natación. Cincuenta, setenta y cinco, ciento veinticinco, doscientos... Con cada giro, añadía veinticinco metros a la cuenta.

«¡Cuatrocientos!», conté y me apoyé en el borde, jadeando.

—¡Magnífico! ¡Espléndido! —celebró la mujer entre fervientes aplausos que no se acababan nunca.

¿Cómo podían unas manos tan pequeñas infundir tanta energía a aquellas entusiastas palmadas? Con esa pregunta rondándome la cabeza, me dejé arrastrar por la idea, tal vez ilusoria, de que acababa de realizar algo de enorme importancia para la mujer y el labrador.

—Y ahora debo pedirle mi estilo favorito. —La señora no cabía de gozo—. ¡Mariposa! ¡Mariposa!

El estilo mariposa debía de ser también el favorito del labrador por la cantidad de agua que salpicaba a cada brazada. Ambos, desde luego, disfrutaban de lo lindo y la vehemencia con que su dueña lanzaba vítores era comparable a la del día anterior, si no mayor. Tanto era así, que había decidido invitarlos a visitar conmigo el acuario, última parada de aquel viaje mío cuyo propósito era recabar información para el reportaje de una revista femenina. Por lo visto, la estrella del acuario eran unos magníficos ejemplares de dugón, si es que no habían sufrido el mismo destino que los delfines.

Me detuve junto al borde y estiré el cuello. Llegué a sacar los brazos del agua, triunfante, con intención de saludarlos, y estuve a punto de gritar para preguntarles qué les habían parecido mis largos a mariposa. Pero me quedé petrificado: sobre la tumbona no había ninguna mujer ni tampoco un labrador a su lado. Miré alrededor, buscándolos con la vista, pero no estaban por ningún sitio.

No tardé en dar por terminada mi visita al acuario. Los dugones estaban vivitos y coleando, y dando grandes bocados a unas lechugas.

De vuelta en la habitación, y mientras pensaba en los últimos toques que le daría a mi reportaje a lo largo del día siguiente para enviarlo al departamento de edición, puse en orden los carretes de fotografía e hice el equipaje. No observé junto al borde del sofá ningún resto de pelo del labrador —el servicio de limpieza no habría encontrado razón alguna para dejarlos allí, evidentemente—. A las doce del mediodía, bajé a la recepción para dejar la llave y abandonar el hotel.

—Sí, se trata de una mujer muy bajita, de mediana edad y con el pelo cortado a tazón, y siempre lleva consigo un pequeño bulto envuelto en un pañuelo.

El recepcionista parecía haberse sumergido en un trance ante mi descripción.

—¡Ah! Siempre iba acompañada de un labrador negro —se me ocurrió añadir de repente.

—¡Ahora caigo! —reaccionó—. Sí, claro que la conozco. Es una clienta nuestra. Ha dejado el hotel esta misma mañana.

—¿Está seguro?

—Completamente.

Me pregunté por qué se habría marchado sin despedirse de mí. Es más, ¿por qué ni siquiera había esperado en la tumbona para elogiar mi última serie de largos a mariposa?

Introduje mi equipaje en el maletero del coche, estacionado en el aparcamiento del hotel, y alargué el cuello para echar un último vistazo a la piscina, abarrotada de gente, como siempre. Una imagen abigarrada de sombrillas, transitada en zigzag por agobiados camareros, rodeaba, con su puntillismo de colores, la piscina.

No obstante, reparé en una tumbona vacía. Precisamente, la que había ocupado la mujer a primera hora de la mañana. En el centro, el paquete envuelto en un pañuelo parecía un animalillo asustado, sin la protección de su dueña.

Decidí acercarme a recogerlo. Más tarde, al desatar el nudo descubrí que los folios de su supuesto manuscrito estaban en blanco.

Malas hierbas

Lo conocí en un evento musical benéfico, durante la actuación de un coro mixto de voces infantiles que, a modo de bis solicitado por el público, entonaba la canción *Sandmännchen* de Brahms.

—Si lo desea, puedo traerle otra copa de champán —sugirió él, mirándome con intensidad tras arrebatarme de entre los dedos la copa vacía que yo sujetaba.

Llevaba un traje blanco, muy posiblemente de alquiler, que no terminaba de sentarle bien a su figura esbelta, todavía de adolescente.

—Qué voz tan maravillosa tienes —contesté. No sé por qué dije eso en vez de responder a su ofrecimiento—. Tú también deberías formar parte de un coro.

—Muchas gracias. Pero me temo que mi voz ha madurado y que, precisamente por eso, he tenido que dejar el coro —explicó, manteniendo una actitud exquisita.

En la textura de su voz se amalgamaban determinación y humildad de un modo que nunca había percibido en una sola voz.

—Qué lástima. Todavía estás en una edad en que te quedaría muy bien la boina azul marino del uniforme del coro —aprecié.

Bajó la mirada con timidez.

—¿Y bien? —decidí cambiar de tema—. ¿Has decidido continuar los estudios musicales?

—Sí. Estudiaré música en la universidad.

—¿Música coral, tal vez?

—No. Composición.

—¿Por qué? Con esa voz...

—Aunque no se lo crea, es la primera vez que recibo elogios por mi voz.

La canción llegó a su fin y los componentes del coro abandonaron el escenario ocultándose tras la cortina. El comportamiento de cada uno de los niños podría calificarse de impecable. Solo uno de ellos, cuya boina había estado a punto de resbalársele de la cabeza, se mostró algo tenso.

—¿Se ha decidido ya? —preguntó, dirigiendo su mirada a la copa vacía.

La mano con que sostenía la copa poseía la firmeza de la de un adulto, era grande y robusta.

—¿Serías tan amable? —solicité. No me apetecía beber más, pero deseaba retenerlo a mi lado.

El organizador del evento benéfico era un banquero de la zona que había adquirido varios de mis dibujos, y fue a través de él como conseguí una beca de estudios musicales para aquel muchacho.

Lo cierto es que para pagarse las clases tenía que

compaginar los estudios con tediosas jornadas en diversos trabajos a tiempo parcial que no guardaban relación alguna con la música: modelo de peluquería, repartidor en una empresa de transportes o lavar probetas y tubos de ensayo en una empresa farmacéutica.

Si se me permite que lo diga claramente, a ambos nos comprometía un contrato. Eso no significa que él fuera consciente desde el principio. Yo proponía y él aceptaba; cumplía sin más con lo que le pedía y yo se lo agradecía sinceramente.

En cualquier caso, la beca le permitiría abandonar todos aquellos trabajos a tiempo parcial, puesto que cubriría los gastos de las clases preparatorias para la prueba de ingreso en la universidad, lo cual era, de momento, el objetivo primordial. La condición que le impuse fue que cada dos semanas él debía informarme del progreso de sus estudios durante una cena en mi casa.

A veces, sentía cierta inquietud y me preguntaba si no estaría poniendo demasiadas esperanzas en el muchacho, pero no me sobraba tiempo para vacilaciones y me las sacudía de encima enseguida. Cuando quisiera darse cuenta, no solo sus manos serían las de un adulto: todo él se habría convertido en un hombre y yo sería una anciana cuyos labios seniles no podrían siquiera saborear el champán.

Recuerdo perfectamente la primera vez que vino a mi casa. Era una fría noche de viento invernal. Llevaba puestos una trenca y unos pantalones de pana.

—Tiene usted una casa estupenda —elogió, recorriendo con la mirada el espacio circundante. Era evidente que no se trataba de simple amabilidad hacia mí, todo en él era cálida honestidad.

—Siéntate donde quieras.

Teniendo en cuenta que la primera vez había sido en el alborotado y ruidoso entorno del evento benéfico, me resultó extraño escuchar su voz en mi propia casa, a solas él y yo. Allí, inmersa en la quietud de mi hogar, me produjo más azoramiento que alivio. Al menos, aquella primera vez.

Tomó asiento en un extremo del sofá y colocó sus manos sobre las rodillas. Esbozó una sonrisa y me dirigió una mirada incierta. «¿Y ahora qué debo hacer?», parecía preguntarme.

Nos dirigimos al comedor y, según lo convenido, cenamos. El menú de aquella primera cena consistió en cóctel de gambas y pastel de carne (tuve que pedirle a mi asistenta que se quedara en casa más tiempo del habitual).

Probó una sola gamba, cortó un pequeño pedazo de pastel y, entre sorbo y sorbo de agua, relató con detalle el desarrollo de las lecciones de música. Me pregunté si el banquero no se habría puesto un tanto exigente con él.

La beca permitió contratar a un profesor particular de teoría musical, añadir clases de canto y cambiar el profesor de piano por otro que tenía buenos contactos con la universidad (aunque el enchufismo no debería tener nada que ver con la música, lo cierto es que sin él era prácticamente imposible abrirse paso en ese mundo). El profesor de teoría musical era un personaje pintoresco que siempre llevaba encima un frasco de alcohol desinfectante y se esmeraba en limpiar sillas y mesas antes de comenzar cada lección. El dinero de la beca le permitió adquirir cinco libros de texto de tan alta utilidad como precio (me informó de que me pasaría el recibo de compra más tarde) y también cubría la asistencia semanal a algún concierto ofrecido por músicos profesionales.

La efusividad con que hablaba le obligó a hacer una pausa para recuperar el aliento. Se llevó la servilleta a los labios y, tras una breve pausa, dio cuenta de la última porción de pastel de carne.

Debo ser honesta y reconocer que el contenido de sus clases no despertaba mi interés. Lo que verdaderamente yo deseaba era escuchar su voz. Escucharlo a él hablar solo para mí.

Terminada la cena, nos trasladamos a la sala de estar para tomar una taza de té. El fin de su narración había dado paso al silencio. Se concentró entonces en remover el té con la cucharilla, repetida y discretamente. Cogió una sola galleta de la bandeja que yo había colocado sobre la mesa. Cada vez que nuestras miradas se cruzaban, me sonreía con timidez. No quería que yo pensara que se estaba aburriendo.

Me percaté de que tenerlo tan cerca alteraba mi percepción del silencio de la casa, de aquella quietud que se había apoderado durante años de cada una de sus estancias, recluyéndome y asfixiándome a mí en sus entrañas.

Fuera, el viento arreciaba con gran estruendo y parecía empujarme a esas disquisiciones. Pero yo permanecía atenta a su voz y me dejaba hechizar de nuevo por su timbre durante los intervalos en que el viento amainaba.

—Veo que tiene usted un piano —dijo, señalando hacia uno de los rincones de la sala. Su voz se me antojó tan llena de matices y riqueza sonora como las cuerdas del propio piano y su resonancia flotó en el aire sin llegar a extinguirse.

—Era de mi hija. Lo he hecho afinar para que puedas tocarlo. Si te soy sincera, es la primera vez que se afina en treinta años.

—¿Tiene usted una hija?

—Murió con diecinueve años de una enfermedad.

—Lo siento. Disculpe mi pregunta —dijo, y depositó sobre el plato la taza que sostenía en su mano.

—No tienes por qué disculparte. Todos mis amigos y familiares han ido abandonando este mundo, de manera que todos mis recuerdos están asociados a alguien que ya ha fallecido.

Su flequillo castaño y ensortijado le cubría parcialmente la frente, arrojando una sombra sobre esta. Sus rasgos pronunciados, el contorno perfecto de su nariz, su mirada límpida y despierta, siempre atenta a todo lo que hubiera a su alrededor, aquellos suaves y húmedos labios que me moría de ganas de tocar.

—¿Ya no dibuja? —preguntó.

—Hace tiempo que no —repliqué sin apartar la vista de su rostro—. Estas manos no son lo que eran. Poco caso me hacen ya.

Al alargar las manos para mostrárselas, me temblaron como si temieran ser contempladas. Poco podían hacer la manicura o el anillo con una piedra preciosa incrustada, regalo de un antiguo amor, para disimular sus arrugas y debilidad. Las suyas y las mías parecían pertenecer a especies diferentes.

Aun así, él las tomó entre las suyas y las acarició. Lo hizo durante largo rato, como si con sus caricias pudiera devolverles la tersura y juventud de antaño.

—¿Te apetece tocar algo al piano? —le propuse.

Colocó suavemente mis manos sobre mis rodillas y levantó la tapa del piano. Las bisagras chirriaron.

—Por favor, toca *Liebestraum*.

Él extendió sus manos sobre el teclado.

Las visitas de mi joven galán adquirieron una frecuencia semanal, los sábados, y se adelantaron a las cinco de la tarde. Su presencia en mi casa tal día y a tal hora se cumplía con una regularidad tan fiable como la de un reloj.

Nunca decidíamos con antelación en qué emplear

el tiempo. Me hablara o no de sus clases, lo importante era estar a gusto y adaptarnos a lo que se nos ocurriera.

A menudo, paseábamos por el parque antes de la cena o, si las rodillas me lo permitían, subíamos el pequeño cerro situado detrás de mi casa y, desde la cumbre, contemplábamos la puesta de sol. Yo necesitaba bastón, pero él se portaba como todo un caballero y permitía que me cogiera de su brazo con la mano libre. Incluso, en ocasiones, me pasaba un brazo sobre los hombros.

—Puedes apoyarte en mí —me decía, tuteándome por fin, y haciéndome, de paso, inmensamente feliz.

Las tardes de lluvia, nos quedábamos en casa. Yo le echaba las cartas y le mostraba mi colección de dibujos y pinturas, o le sacaba mis álbumes de fotos y le contaba historias del pasado. El caballero galante se replegaba entonces, cuando le leía la buenaventura, y cedía el paso a su cándido lado de adolescente que contenía la respiración para no distraerme ni sacarme del trance. Desde luego, respetaba mis esfuerzos por interpretar las imágenes y números de cada naipe y desentrañar su significado, y mantenía la mirada fija en estos, lleno de curiosidad y excitación.

—¿Puedes adivinar también asuntos relacionados con el amor?

—Claro que sí.

Le pedí que escribiera en un pedazo de papel la fecha de nacimiento de su novia.

Los números que escribió representaban una fecha tan reciente que me dolió. No eran más que unas cifras en un papel, pero me indujeron una tristeza enorme.

Después de la cena, no hablábamos apenas y pasábamos el tiempo absortos en nuestros propios quehaceres particulares. Por ejemplo, a veces, mientras yo redactaba alguna carta, él escuchaba un disco o se deleitaba con alguna película de misterio a la vez que picoteaba algún dulce.

Mi momento favorito a su lado era cuando me leía en voz alta.

—Es que, en cuanto cae la noche, se me cansa mucho la vista y...

No sé por qué me esforzaba en elaborar torpes excusas, si sabía perfectamente que no iba a negarse a lo que yo le pidiera.

Puesto que oía menos con el oído derecho, le rogaba que se sentara en el extremo izquierdo del sofá, le entregaba un libro y, acto seguido, recostaba mi espalda sobre la confortable blandura de los cojines. Él lo abría, colocaba el marcapáginas sobre la mesa y continuaba leyendo a partir de donde hubiera interrumpido la lectura el sábado anterior.

El libro en cuestión era lo que menos me importaba. Ya podía ser una novela histórica o de ciencia ficción... Si por mí fuera, me hubiera valido el prospecto de un medicamento. Lo que dijera no despertaba en mí más que indiferencia. Lo único importante era escuchar su voz.

De su voz lo saboreaba todo: su tersura, su temperatura e incluso su fragancia. Él, por su parte, no es que se esforzara mucho en leer para mí. Su tono podría parecer monótono y, en ocasiones, la lengua se le trababa. Pero el tedio no caía nunca sobre mí. El aliento que se filtraba entre sus labios cuando titubeaba acariciaba suavemente mi pelo.

«La ladera de la colina era una fecunda plantación de árboles y arbustos frutales en la que abundaban los melocotoneros, los nísperos, las cepas de vid y, sobre todo, los kiwis.»

«Los kiwis, en particular, eran muy voluminosos, tanto que su peso combaba las ramas, de modo que al zarandearse al viento todos juntos las noches de luna llena, semejaban una bandada de murciélagos que hubiera acudido en tropel a la colina.»

¿Cuál era el título de aquella novela? Lo he olvidado. No era más que un libro que encontré en el estudio de mi marido.

Me agradaba contemplar la forma que sus labios adquirían cuando pronunciaba la palabra «kiwi». Así, redondeados, era como si anhelaran besar mis labios.

«Acepté el curioso obsequio, pero cuando me disponía a trocearlo, no supe por dónde empezar. Noté el calor del sol aún latente bajo la piel de la zanahoria, que exhibió un naranja intenso después de lavarla bajo el grifo.

»Finalmente, opté por cortarle los cinco dedos de cuajo por su base, y, uno a uno, fueron cayendo sobre la tabla de cocina. Y así fue como, aquella noche, degusté ensalada de patata con meñique, índice, anular, medio y pulgar.»

Mi caballeroso lector no permitía que la impaciencia y la prisa lo intimidaran y completaba cada palabra, cada sílaba, sosegadamente y con voz vibrante, pronunciando todo con esmerada suavidad y casi secreta prudencia. Su voz se elevaba en el aire por encima del fragor de la tempestad y del estruendo de los truenos, y fantaseaba con la idea de que, si elevaba ambos brazos, podría asirla con mis manos.

«Muy pronto se llevó a cabo una exhaustiva inspección de la oficina de correos. La policía retiró una gran montaña de kiwis, pero solo encontraron el esqueleto y el pelaje acartonado de algún que otro gato callejero.»

«El hallazgo de los restos óseos se produjo a última hora de la tarde, cuando los brillantes tonos anaranjados del atardecer se extendían sobre los árboles frutales.»

Mantenía la vista puesta en los renglones y no se detenía hasta que yo se lo pedía. Con su mano izquierda, sujetaba el libro, y con la derecha, pasaba las páginas produciendo un sonido sedoso que acentuaba elegantemente la lectura.

Yo lo escuchaba y lo observaba. La luz de la lámpara de araña se le desbordaba sobre la piel del cuello y hacía relucir su vello en suaves tonos dorados mientras el pelo ondulado le cubría parcialmente las orejas.

Bajo el jersey se adivinaba el contorno del pecho, todavía desprovisto de la musculatura de un adulto.

Cerré los ojos y me dejé arropar y mecer por su voz. Me acarició las piernas, desde la punta de los dedos, y me recorrió las pantorrillas hasta alcanzar mi cintura y continuó por los senos, las axilas, los hombros, el mentón, los labios, los párpados... Qué aterciopelada era su voz. Cómo me acariciaba...

Sus dedos se deslizan sinuosos por cada centímetro de mi piel, su lengua lame cada uno de los pliegues de mi cuerpo. Su pelo ondulado roza mis mejillas. Quiero gritar. Hago lo posible por reprimir mis gemidos. Siento su aliento humedecer mi vientre.

Mis manos vuelven a ser jóvenes. No temblequean. Han desaparecido las arrugas que cubrían su dorso. Todo lo que él toca recupera la juventud. Podré volver a sujetar firmemente los pinceles. Podré volver a pintar al óleo. Podré asir su miembro y acariciarlo...

—¿Cómo era su marido?

Mi joven galán había colocado el marcapáginas donde había interrumpido la lectura y, tras cerrar el libro, había tomado con ambas manos una foto enmarcada que reposaba sobre la repisa de la chimenea.

—Ni me acuerdo —repliqué con aspereza.

—¿Cómo es posible que no se acuerde de su marido...?

—Murió hace cuarenta años. ¿Cómo quieres que

lo recuerde? ¿Acaso cuarenta años te parecen pocos? A ti te quedaban unos cuantos para nacer por aquel entonces.

—En la foto, parece todo un caballero.

—Lo dices por cumplir, ¿no? La foto es tan vieja que ni se aprecia.

—Y usted está muy guapa.

Él observó con atención la imagen de aquella mujer que había sido yo cuarenta años atrás.

—No mucho más que una pobre aspirante a artista. —Tomé el libro entre mis brazos y lo apreté contra mi pecho—. Eso es lo que era. Y él un hombre acaudalado, mucho mayor que yo, que me encargaba cuadros. El tema primordial de sus encargos consistía en plantas. En concreto, me pidió que pintara todas las que crecían en su jardín: arvejilla salvaje, *Astragalus, Apios americana,* acónito... En definitiva, plantas venenosas todas ellas, auténticas malas hierbas. Cuando terminé de pintarlas, nos casamos.

Llegó, por fin, la hora de la despedida. Mi galán se puso la trenca sobre los hombros y se anudó los zapatos.

—Muchas gracias por todo. Hasta el próximo sábado.

Aquellas eran sus palabras de despedida, las mismas que, aunque se repetían cada sábado, no se habían vuelto rutinarias; al contrario, conservaban intacta su sinceridad. Seguidamente, me dirigió la habitual inclinación de cabeza y, justo antes de atravesar el umbral, se volvió una vez más hacia mí y agitó la mano. Ocupadas las mías en el bastón, me limité a ladear la cabeza en señal de despedida. Lo observé alejarse mientras la oscuridad de la noche envolvía sus presurosos pasos. No debía perder el último tren.

En cierta ocasión, rompió su compromiso. Fue la única vez en que lo hizo.

—Quisiera pedirle permiso para ausentarme el próximo sábado —me dijo por teléfono.

Percibí un excepcional deje de nerviosismo en su voz (tan familiarizada estaba con ella que ni su más leve fluctuación se me escapaba).

—¿Ha ocurrido algo? ¿Te encuentras mal?

—No, no. No tiene por qué preocuparse, pero ¿podríamos trasladar nuestro encuentro al domingo?

—Pero, dime, ¿ha sucedido algo inesperado?

—Por favor, no se preocupe. No es nada serio.

—Al menos, explícame qué ha pasado. En caso contrario, me quedaré muy intranquila.

—¡Perdone que rompa nuestro compromiso por esta vez, pese a toda la ayuda que me está brindando! Será solamente este sábado...

—¡No me estás contestando!

Ambos nos quedamos en silencio. Transcurridos unos segundos, habló en tono vacilante:

—Este sábado es el cumpleaños de mi novia.

Recordé la bienaventuranza. Rememoré perfectamente las cartas que habían salido.

—¡Ni hablar!

Fue como si aquella negativa se me hubiera escapado de los labios antes de ser consciente de ella. De hecho, no había sido mi intención inicial negarle el permiso.

—Pero su cumpleaños —protestó él— es ese único día. Ni el viernes ni el domingo. Solo el sábado.

—Lo que son las cosas... Precisamente, este mismo sábado es también mi cumpleaños. Y, a mi edad, quizás podría ser el último.

Era una burda mentira y, a buen seguro, él se daría cuenta.

—Así que ya lo sabes. Te quiero ver aquí, ¡como siempre! —bramé y colgué el teléfono.

Como cada sábado a las cinco de la tarde, mi joven galán volvió a presentarse en mi puerta. Traía un ramo de flores.

—Feliz cumpleaños —dijo.

Aquel ramo de flores le correspondía de hecho a su novia. Al ponerlo en un jarrón sobre la repisa, los tallos temblaron vulnerables bajo unas coquetas flores amarillas.

Desconocía su nombre. Desconocía su especie. Pero se parecían a unas de las que pinté para mi esposo.

—Bien. Voy a continuar con la lectura —dijo él sin que me hubiera dado tiempo a pedírselo y, por propia iniciativa, cogió el libro y lo abrió.

Aquella fue la última noche que pasamos juntos.

Tropecé con una piedra del camino, con tan mala fortuna que acabé dando con mis huesos en el suelo. Me raspé la palma de las manos lo bastante como para que unas trazas de sangre brotaran entre la piel levantada. Sentí un escozor agudo.

Una de mis sandalias fue a parar entre la maleza y quedé maltrecha sobre el suelo, con la falda medio levantada, pasiva observadora de un desmedrado perro callejero que hundía su húmedo hocico en la sandalia, olisqueándola ávidamente.

—Shhh, ¡lárgate! —pude por fin gritarle al tiempo que blandía el bastón para ahuyentarlo. El can emprendió la retirada lanzándome una mirada turbia de ojos vidriosos.

Pude arrastrarme hasta el tronco de un olmo cercano y, apoyándome en este, logré incorporarme de nuevo. Eché de menos la mano gentil de mi galán, nada que ver con la rugosa y dura corteza de aquel tronco.

Proseguí la marcha y me interné como siempre por el sendero que avanzaba por detrás del jardín botánico. Pero, agotada, decidí al poco regresar por donde había venido. Esa fue, al menos, mi intención, porque lo que ocurrió es que me encontré ante un humedal cubierto por una densa espesura de helechos ante el cual nunca antes había pasado. Al otro lado de este, se extendía un bosque envuelto en penumbra. El sol estaba a punto de desaparecer por el horizonte.

No aprecié por los alrededores ningún cartel indicativo, así que caminé dejándome guiar por la intuición. Caminé y caminé. De vez en cuando, un pájaro solitario alzaba el vuelo desde la frondosa vegetación. El dolor no desaparecía de la palma de mis manos y en los bajos de la falda se me adherían hojas y ramitas secas y restos de insectos muertos.

Pensé que caminaba ladera abajo, pero entonces percibí una elevación del terreno que se iba haciendo más pronunciada a medida que avanzaba. Curiosamente, me daba miedo detenerme y volver atrás, de modo que proseguí la marcha.

«Puedes apoyarte en mí.» El eco de sus palabras resonó en mi cabeza y volví la cabeza esperando encontrarlo a mi lado. Sentí terror al constatar que seguía sola.

Como ya he señalado, no volvió a presentarse en mi casa ningún sábado más. No obstante, recibí una carta suya en referencia a la beca que, en resumidas cuentas, rezaba como sigue:

«... Su amabilísima e indispensable mediación ha hecho posible mi formación como estudiante becado por la Fundación para el Fomento de la Cultura Musical, cosa que nunca podré agradecerle lo suficiente... Considero, sin embargo, que hay personas que la necesitan en mayor medida que yo, y que son ellas quienes deben convertirse en receptoras de la misma. Por lo cual, es mi deseo dejar de percibir el dinero correspondiente. Sumamente agradecido por el apoyo que me ha brindado hasta el momento presente, siempre suyo...».

Sí, una misiva tan fría como amable.

Me encontré ante lo que parecía un barranco y se me cayó el bastón. De nuevo, quedé postrada en el suelo. Por suerte, estaba rodeada de vegetación, de modo que enganché un pie entre las raíces de un árbol y, agarrándome con las manos a sus ramas, logré ponerme en pie. La sangre de la palma de mis manos era una gran costra.

Por fin, mis ojos se acomodaron al entorno y pude ver mejor lo que tenía delante. Era una especie de socavón cubierto por una gran cantidad de objetos rectangulares, como grandes cajas. Era tal la cantidad de aquellos objetos acumulada allí que no se veía el suelo. Ni siquiera quedaba espacio entre ellas para que creciera algún árbol.

Alargué una mano hacia la caja que estaba más cerca de mí. Era una nevera. Todas aquellas cajas eran neveras destartaladas, apretadas entre sí; blancas, azules, verde oliva; con puertas, sin puertas, inmensas, portátiles; pintarrajeadas, mejor o peor conservadas...

Caminé en zigzag, sorteándolas. No soplaba ni una pizca de viento. El silencio era tal que me dolían los tímpanos.

Sentí una opresión en el pecho y un sudor frío me recorrió la espalda. Justo entonces mis pies se enredaron en unos cables sueltos que había en el suelo y hube de sujetarme con fuerza en uno de los frigoríficos para no caer otra vez. Era uno de esos recios electrodomésticos de acero inoxidable y puerta de doble batiente, de los que usan en las cocinas de los restaurantes. Estaba cubierto por una alfombra de excrementos de pájaro.

Se me ocurrió abrir la puerta. Los últimos y tibios rayos de sol penetraron en su interior. Allí dentro había alguien, acurrucado en posición fetal, las piernas flexionadas y la cabeza metida entre las rodillas, acoplada su posición al hueco entre los estantes y el compartimento para los huevos.

—Eh, oye... —dije y el eco de mi voz se lo tragó el interior de la nevera.

Aquella persona metida en la nevera era yo misma. Mi propio cadáver. Había comido plantas venenosas, aquellas malas hierbas, y me había ocultado en el angosto y oscuro espacio de la nevera para morir separada del mundo, sin nadie que velara por mí.

Me arrodillé frente al frigorífico. Grité y lloré. Derramé ríos de lágrimas por mí.

MAXI
TUSQUETS
EDITORES